本书获：

福建省社会规划项目资助（项目编号：FJ2018B125）

中央高校基本科研业务费专项资金资助（项目编号：ZK1074）

Supported by the Fundamental Research Funds for the Central Universities

ETERNIDAD DEL AMOR. ESTUDIO PARALELO
ENTRE LOS *TRIUMPHI* DE PETRARCA Y LA
CREACIÓN POÉTICA DE GARCILASO

爱的永恒：
彼特拉克《胜利之歌》
与加西拉索诗歌创作的平行研究

李文进 著

厦门大学出版社
XIAMEN UNIVERSITY PRESS
国家一级出版社
全国百佳图书出版单位

图书在版编目(CIP)数据

爱的永恒:彼特拉克《胜利之歌》与加西拉索诗歌创作的平行研究:西班牙文/李文进著.— 厦门:厦门大学出版社,2021.4

ISBN 978-7-5615-7997-8

Ⅰ.①爱… Ⅱ.①李… Ⅲ.①彼特拉克－诗歌研究－西班牙文②加西拉索－诗歌研究－西班牙文 Ⅳ.①I546.072②I551.072

中国版本图书馆 CIP 数据核字(2020)第 238709 号

出 版 人	郑文礼
责任编辑	王扬帆　高奕欢
封面设计	李夏凌
技术编辑	许克华

出版发行　厦门大睾出版社

社　　址　厦门市软件园二期望海路 39 号

邮政编码　361008

总　　机　0592-2181111　0592-2181406(传真)

营销中心　0592-2184458　0592-2181365

网　　址　http://www.xmupress.com

邮　　箱　xmup@xmupress.com

印　　刷　厦门集大印刷厂

开本　720 mm×1 000 mm　1/16

印张　13

字数　290 千字

版次　2021 年 4 月第 1 版

印次　2021 年 4 月第 1 次印刷

定价　49.00 元

厦门大学出版社
微信二维码

厦门大学出版社
微博二维码

PRÓLOGO

FASCINACIÓN Y ESTUDIO: PETRARCA EN GARCILASO

Por **Jacobo Cortines**
Miembro de la Academia Sevillana de Buenas Letras

Confesaba hace años el Dr. Wen-Chin Li que cuando leyó por primera vez los versos de Garcilaso quedó tan fascinado por su musicalidad y por su riqueza espiritual, que ya no pudo sino dedicarse al estudio de esa prodigiosa métrica, heredera de una riquísima e innovadora tradición procedente de Italia, que él, junto a su amigo Boscán, introdujo en España a principios del siglo XVI revolucionando el panorama poético de la Península y erigiéndose en el modelo a seguir al ser elevado a la categoría de "Príncipe de los poetas castellanos". Y para adentrarse en ese universo poético el entonces joven estudiante Wen-Chin Li obtuvo el grado de Máster en la Facultad de Lenguas Extranjeras de la Universidad Católica de Fu-Jen en Taiwán con un trabajo en el que indagaba de una manera global en la creación poética de Garcilaso, investigando las formas, los temas y la lengua. Esto ocurría por el ya lejano 2004, y poco tiempo después el inquieto investigador daba un salto cualitativo y aparecía en Sevilla, bajo el nombre de "Pablo", para cursar el Programa de Doctorado de Literatura Española que impartía ese Departamento de la Universidad Hispalense durante el cuso académico 2007-2008. Allí fue donde yo lo conocí al matricularse en mi curso: "Teoría y práctica del Petrarquismo en España", y allí fue donde él comprendió que el espiritualismo de Petrarca había ejercido una importante influencia en la producción de los mejores poetas españoles del Renacimiento, siendo, entre estos, Garcilaso el petrarquista más representativo, y cómo a través de su legado el influjo del cantor de Laura se prolongaría más allá del ejercido en el toledano hasta seguir teniendo plena vigencia durante el Manierismo, con Fernando de Herrera a la cabeza, y durante el periodo Barroco, con la extraordinaria personalidad de Quevedo entre otros grandes ingenios. También fue muy consciente "Pablo" de que Petrarca además de la influencia de sus *Rerum vulgarium fragmenta*, más conocidas estas rimas como *Il Canzoniere*, de sus tratados morales en latín: *De vita solitaria, De otio religioso, De remediis utriusque fortunae...*, de las *Epistole*, del *Secretum*, etc., tenía otra obra lírica, terminada al final de su vida, los *Triumphi* en su título latino, o *Trionfi* en italiano, pues es la lengua en la que están escritos, un extenso poema de carácter alegórico, que se prestaba a un especial estudio comparativo con la creación garcilasiana. Ambos poetas partían del Amor para llegar a la Eternidad. Y este fue el tema que elegimos para la elaboración de su tesis de Licenciatura bajo mi dirección: "Desarrollo de los temas de amor en la poesía garcilasiana: Estudio de una trayectoria paralela a los *Triumphi* de Petrarca", trabajo que se enmarcaba en la línea de investigación: "Cuestiones y problemas de la Literatura Española y de sus relaciones con otras literaturas y ámbitos", y que en su defensa durante el curso 2010-2011 obtuvo la máxima calificación: "Sobresaliente por unanimidad", y cuando posteriormente fue de nuevo defendido para la obtención del Diploma de Estudios Avanzados consiguió la misma calificación.

Hoy, con el título ligeramente modificado: "Eternidad del Amor. Estudio paralelo entre los *Triumphi* de Petrarca y la creación poética de Garcilaso", ve finalmente la luz como publicación en la Editorial de la Universidad de Xiamen, donde trabaja como profesor. Es, sin duda, un título importante para esa Editorial, tanto por lo que supone como novedad, así como por el profundo análisis comparativo que efectúa el autor entre los dos grandes poetas. Una tarea nada fácil para un investigador oriental que ha de enfrentarse con mundos muy lejanos a su cultura tanto en el plano físico como espiritual, pero que gracias a la vasta cultura del Dr. Wen-Chin Li, a su entusiasmo, su sensibilidad, su dominio de lenguas: chino, español, italiano, inglés, su conocimiento de la cultura grecolatina, y gracias a otras muchas cualidades que posee ha conseguido salir triunfante del gran reto, y su libro ha de ser referencial tanto en Oriente como en Occidente.

En efecto, el Amor es un tema muy complejo que se enlaza tanto con las trayectorias biográficas de los dos poetas, como con los procesos de sus creaciones poéticas. El *Canzoniere* de Petrarca es en buena medida una biografía amorosa a la vez que una autobiografía moral, con sus exaltaciones y contradicciones y un permanente afán de salvación personal, y algo parecido podríamos afirmar de la creación garcilasiana, aunque en menor escala, pues por desgracia se vio mermada e interrumpida por la prematura muerte del poeta soldado en 1536, que no pudo ordenar su obra como su maestro, el anciano clérigo, muerto a los 70 años en 1374. Petrarca quiso trazar en sus *Trionfi* una visión totalizadora de lo que el Amor significó para él a lo largo de su dilatada vida. Divididos en seis partes o cuadros, cada uno de ellos va mostrando una etapa del proceso biográfico y espiritual. Así el primero, el *Triumphus Cupidinis*, nos muestra al Amor como la fuerza bajo cuya tiranía ha vivido buena parte de los dioses y de la humanidad, hasta alcanzar al propio poeta a partir de aquel mítico 6 de abril de 1327, cuando vio a Laura por primera vez en la iglesia de Santa Clara en Aviñón. Pero al Amor lo vence el Pudor, y en el *Triumphus Pudicitie* Petrarca nos narra la victoria de aquellos que lograron superarlo, tanto personajes masculinos como femeninos, destacando sobre todos ellos la figura de Laura. Frente a este primer grupo de opuestos están la Muerte y la Fama. En el *Triumphus Mortis* Petrarca cuenta cómo la Muerte arrebató a Laura otro 6 de abril a consecuencia de la peste negra de 1348 que causó innumerables víctimas, pero más allá de su desaparición física Laura siguió viviendo en la memoria de quienes la conocieron, gracias fundamentalmente a los versos del poeta, tal y como se relata en el *Triumphus Fame*. Y el tercer y último grupo de opuestos es el constituido por el Tiempo y la Eternidad. "Todo lo vence el Tiempo en su carrera" parece ser la deducción del poeta en el *Triumphus Temporis*, pero al Tiempo lo vence la Eternidad, donde ya en el *Triumphus Eternitatis* no existen ni antes ni después, sino sólo un presente en el que Laura en el cielo brilla en toda su plenitud.

Este esquema biográfico-espiritual es el que ha adoptado la crítica contemporánea para establecer el paralelismo con la evolución de la creación poética de Garcilaso. Así el Dr. Wen-Chin Li acepta la visión sincrónica de Elias L. Rivers que establece tres secciones fundamentales en la revisión de la edición *prínceps* del poeta castellano:

1) El marco cancioneril de amor cortesano de los sonetos y canciones.

2) El marco elegíaco y horaciano de las elegías, oda y epístola.

3) El marco pastoril de las églogas.

En estos tres marcos el tema fundamental es el Amor, que sufre sus transformaciones evolutivas en coherencia con las expuestas en los *Trionfi* por el maestro italiano. Adopta asimismo el investigador la teoría Neohistoricista, cuya corriente subraya la interacción entre la obra creativa y la sociedad en la que se produce, como una reconstrucción histórica del contexto literario. La elaboración garcilasiana del Amor en tres fases: exaltación, espiritualización y mitificación se corresponde con los tres grupos de los *Triumphi* con sus dos fuerzas enlazadas, pero opuestas entre sí, aunque complementarias. La elaboración amorosa conlleva a la transformación de la poesía y a la del propio Petrarca, que de la pasión se eleva a la virtud y a la reflexión hasta alcanzar la eternidad. Igual en Garcilaso: el poeta cancioneril se convierte en el creador mitológico con la culminación de su Égloga III, cuya amada, Elisa, queda inmortalizada en la historia narrada por la ninfa Nise.

Todo este complejo proceso queda muy bien expuesto a lo largo de los sucesivos capítulos, que vienen ricamente ilustrados por las muy oportunas y numerosas citas de los versos en castellano en el caso de Garcilaso, y en toscano en el caso de Petrarca, pero ofreciendo también junto al texto italiano la traducción española tomada de mis ediciones de los *Triunfos* y el *Cancionero*, como se especifica en las notas a pie de página.

Si Francesco Petrarca ha sido el padre de la poesía amorosa en Occidente, dando pie a ese fenómeno poético, único en la Historia, que se conoce bajo el nombre de Petrarquismo, y cuyos ecos llegan hasta nuestros días, Garcilaso de la Vega se ha erigido en el ámbito de la lengua hispánica como su mejor heraldo en ambas orillas.

Su fama nunca se ha visto ensombrecida, como sí le ha pasado a otros grandes autores, pensemos en Góngora por ejemplo, sino que siempre se ha tomado como modelo de equilibrio y elegancia. El sevillano Fernando de Herrera lo consagró en su magna obra *Anotaciones*, publicada en 1580. Durante el siglo XVII Garcilaso sirvió de freno a los excesos barrocos como se burlaba Quevedo de Góngora. En el Neoclasicismo dieciochesco el poeta toledano volvía a ser ejemplo de buen gusto, el clásico por excelencia. Y cuando en la centuria siguiente empezaban a soplar los aires del Romanticismo, la figura de Garcilaso emergía como la encarnación del héroe romántico: joven, agraciado, guerrero, enamorado de "dolorido sentir" y muerto trágicamente en plena juventud. Tampoco pudo ser ajeno a sus encantos el siglo XX: Rafael Alberti declaraba que estaba dispuesto a ser su escudero si Garcilaso volviera; Pedro Salinas escogía un sintagma de la Égloga III como título de uno de sus libros de amor: *La voz a ti debida*; y otro sevillano, Luis Cernuda, lo imitó hasta el extremo en su juventud con sus "Égloga, Elegía, Oda". Son sólo unos ejemplos. Garcilaso ha penetrado en nuestro siglo XXI y suponemos que lo seguirá haciendo en un futuro como paradigma de ética y estéticas poéticas.

No parece, pues, fortuito que el Dr. Wen-Chin Li escogiese Sevilla para la realización de sus estudios de postgrado y que en la patria de Herrera y Cernuda, tan garcilasistas, realizara su tesis de Licenciatura y de inmediato su Doctorado. En esta ocasión yo tuve también la fortuna de que me eligiese como director de su tesis doctoral, que versó sobre "El alma y el amor. Estudio del espiritualismo de Petrarca y su influencia en dos poetas españoles del siglo XVI: Garcilaso de la Vega y Fernando de Herrera". La tesis fue defendida el 13 de enero de 2016 obteniendo la clasificación de "Sobresaliente *cum laude*". Con su tesis bajo el brazo el Dr. Wen-Chin Li, nuestro querido "Pablo", regresó a Taiwán, su patria, hecho un maestro y luego fue contratado en China continental por la Universidad de Xiamen. Su amor por Sevilla no ha decrecido a pesar de la distancia, y cuando ha tenido la oportunidad ha regresado a la ciudad de la Giralda, donde tan grato recuerdo dejó y donde tantos le esperamos con la mente atenta a su enseñanza y los brazos abiertos a su amistad.

Universidad de Sevilla
13 de marzo de 2021

Palabras preliminares y agradecimientos

Siendo un investigador oriental, nunca creo que sea fácil tratar un tema tan clásico como el amor de Petrarca, ni siquiera hacer una comparación entre el autor italiano y el español. Aunque en 2004 elaboré una tesis de Máster titulada *Estudio de la nueva poesía del primer Renacimiento mediante las obras de Garcilaso de la Vega*, no me pareció suficiente para tener en cuenta las ideas nucleares de la poesía de Garcilaso. Por consiguiente, en 2008 cursé el programa de Doctorado que impartió el Departamento de Literatura Española de la Universidad de Sevilla, y escogí el curso del profesor Dr. D. Jacobo Cortines que se denominaba "Teoría y práctica del Petrarquismo en España"; de ahí que mis conocimientos comenzaran a desarrollarse y llegasen a profundizar. Comprendí que el espiritualismo del maestro italiano había ejercido cierta influencia significativa en la creación de los autores españoles, y entre ellos Garcilaso fue el primero y el más importante petrarquista. Al pormenorizar la lectura de los *Triumphi* de Petrarca, se advierte no sólo su empeño de purificar el amor profano, sino también su intento palpitante de hacer eterno el arte. Tal coincidencia de los creadores renacentistas debía reflejarse en el cultivo lírico de Garcilaso.

Aprovechándose de las experiencias de investigación y las riquezas intelectuales que he asimilado en los cursos del Doctorado, me he dedicado a estudiar las obras de Garcilaso de forma paralela a los seis triunfos de Petrarca. En este trabajo, no intento adentrarme en ningún estudio monográfico como hice en la tesis de Máster, sino que abordo los cultivos líricos de los dos poetas en el tema del amor con una observación comparativa e interdisciplinaria. Por una parte, basándome en los *Triumphi* de Petrarca como entramado esencial de la trayectoria evolutiva, comparo los *Triumphi Cupidinis y Pudicitie* con el marco cancioneril de Garcilaso (el cual, según Elias L. Rivers, consta de los sonetos y canciones); los *Triumphi Mortis y Fame*, con el marco horaciano (que consiste en las elegías, epístola y oda); así como los *Triumphi Temporis y Eternitatis*, con el marco bucólico (que comprende las églogas). Por otra parte, me sirvo del trasfondo histórico-social del amor cortesano para explicar la formación del contexto cancioneril de Garcilaso. Me refiero a las doctrinas estoicas y platónicas para esclarecer su cultivo del tema en el terreno profano. Al final, tomo en préstamo unas ideas de la ontología arcaica del antropólogo social, Mircea Eliade, y unos estudios simbólicos, con el fin de indagar en la elaboración legendaria del poeta toledano en el entorno idílico, con la que su poesía llega a lo inmortal.

A veces el proceso de la elaboración garcilasiana parece no coincidir completamente con el de Petrarca, tal como el simbolismo del tiempo y el *axis mundi*. Sin embargo, a través de cultivos magistrales de lo físico-formalista a lo meditativo-espiritualista, hasta lo simbólico-trascendental, ambos poetas parten del amor prudente para dirigirse hacia la muerte afamada y la leyenda eterna. Mi propósito de estudio radica exactamente en este hilo de desarrollo. Mediante comparaciones y referencias intertextuales, pongo de manifiesto la fisonomía del amor en cada contexto literario. Por último, como finalidad del análisis, espero que el lector pueda enterarse de la autopresentación de un artista renacentista con el fin de encontrar la vida inmortal.

Efectivamente este trabajo consiste en textos canónicos y lenguajes cultos, al tiempo que comprende dominios variados: desde las culturas medievales y renacentistas, las ideas filosóficas clásicas y modernas, hasta la mitología grecorromana, el simbolismo y la iconografía. Si no hubiese tenido la ayuda del profesor Dr. D. Jacobo Cortines, que me ha orientado en los aspectos intelectuales, me ha aconsejado en las referencias bibliográficas y me ha corregido con gran paciencia la redacción del trabajo, así como me ha escrito un prólogo de forma cariñosa al mismo, no hubiera sido capaz de terminar el trabajo tan acabado como el presente. Por lo tanto, en último lugar, pero no menos importante, me gustaría mostrarle mi profundo agradecimiento.

Además, estoy agradecido por el español y los conceptos fundamentales de la Literatura y las Humanidades que todos los profesores me han enseñado e instruido durante mis estudios del Grado, Máster y Doctorado. Por lo demás, desearía manifestar mis cariñosas gracias a todos mis amigos, a mi familia y a mi mujer Yu-Chih Chou, que me han acompañado y asimismo apoyado física y espiritualmente.

Uinversidad de Xiamen
31 de marzo de 2021

ÍNDICE GENERAL

ÍNDICE DE LÁMINAS

INTRODUCCIÓN Y METODOLOGÍA

> *Amor, amor, un ábito vestí,*
> *el cual de vuestro paño fue cortado;*
> *al vestir ancho fue, mas apretado*
> *y estrecho cuando estuvo sobre mí.*
>
> (Soneto XXVII, vv. 1-4)[1]

---

[1] Todas las piezas de Garcilaso que cito en el presente trabajo son tomadas de la *Obra poética y textos en prosa*, edición de Bienvenido Morros, Barcelona, Crítica, 2001.

1 3

VIDA DE
GARCILASSO
DE LA VEGA.

O es mi intento enesta memoria,que yo hago de Garci Laſſo principe de los poetas Eſpañoles,tratar có alguna particularidad las coſas, q̃ le ſucedieron enel diſcurſo deſu vida;porq̃ para ello reqria un ingenio mas deſocupado que el mio; i que con mas felice eſtilo diera entera noticia de los caſos, que le acontecieron. Pero conociendo yo, que eſte genero de eſcrevir, poco uſado en España, pide mui recatada conſideracion ; i que no permite ; ni ſufre que ſe trate enel vida de algun ombre, que no ſea grande principe, o capitan de clariſsima fama con alguna demaſia de alabanças ; por que luego trae ſoſpecha de adulacion; i que ſi el eſcritor della por huir de ſemejante vicio, es corto en alabar; incurre en opinion de invidioſo i vituperador de las coſas bien hechas; porque quien no alaba lo que merece eſtimacion de gloria, dizen,que ſe mueve con paſsion de calunia; i juzgando tambien, que no podra ſalir eſte trabajo tambien acabado i pueſto enel eſtremo de perfecion,que conviene a la nobleza i ecelencia de Garci Laſſo; quiero antes, eſcuſando el uno i otro peligro, contenerme deſte deſſeo, i tratar ſolamente lo que

Fig. 1. *Fernando de Herrera, "Vida de Garci Lasso de la Vega", en* Obras de Garci Lasso de la Vega con Anotaciones de Fernando de Herrera, *Sevilla, Alonso de la Barrera, 1580, p. 13. Archivado en el Fondo Histórico, Universidad de Sevilla*[1]*.*

---

[1]   Fuente de la lámina: https://archive.org/details/ARes11511/page/n27/mode/2up (Internet Archive)[fecha de consulta:05/02/2021]

¡Amor! Un tema tratado por extenso tanto en las anécdotas biográficas como en la trayectoria poética de Garcilaso. Y está enlazado directa o indirectamente con el núcleo de casi todos sus escritos: luchas entre la razón y el deseo, celos, muerte, ausencia del amor, estoicismo y unos tópicos grecolatinos (*carpe diem* y *beatus ille*). La elaboración de su emoción interior es tan hábil que se le otorga un título honorífico "Príncipe de los poetas castellanos", apelativo figurado tras su nombre propio en varias portadas de su obra reeditada[1]. La mayoría de los críticos literarios afirma que su afecto obsesivo por la dama Isabel Freyre es su numen[2]. Pero según los estudios cronológicos y genealógicos de Vaquero Serrano, esta investigadora propone la hipótesis del amor lírico con su vecina Guiomar Carrillo, con la que tuvo un hijo natural, y con su cuñada Beatriz de Sá[3]. Se establecen generalmente lazos estrechos entre su elaboración poética y vida privada para reconstruir una trayectoria sincrónica entre el sentido y la sensibilidad. Sin embargo, ¿sus versos sólo consisten en un desahogo sentimental? ¿Es posible que un

---

[1] Cfr. Antonio Gallego Morell, Estudio crítico, *Églogas*, de Garcilaso, Madrid, Narcea, 1972, p. 21.

[2] Por ejemplo, se trata del encuentro entre el poeta y la belleza portuguesa en una fiesta cortesana como el inicio del amor entre ellos, en el capítulo III "Por vos nací, por vos tengo la vida" de la obra de Antonio Prieto, *Garcilaso de la Vega*, Madrid, Sociedad General Española de Librería, 1975, pp. 41-55.

[3] Véanse los documentos analizados en detalle por María del Carmen Vaquero Serrano en "Doña Guiomar Carrillo: La desconocida amante de Garcilaso", *LEMIR*, Nº 4 (2000), s/p (consulte el recurso electrónico: http://parnaseo.uv.es/Lemir/Revista/Revista4); y en "Doña Beatriz de Sá, la Elisa posible de Garcilaso. Su genealogía", *LEMIR*, Nº 7 (2003), s/p (http://parnaseo. us.es/Lemir/Revista/Revista7). Y después, la misma analiza los juegos de sílabas que elabora Garcilaso, a fin de identificar su amada con Beatriz de Sá. Véase su artículo "Dos sonetos para dos Sás: Garcilaso y Góngora", *LEMIR*, Nº 11 (2007), pp. 37-44. Por añadidura, basado en estos descubrimientos, el académico correspondiente en EE.UU., Russell P. Sebold, hace otra observación profunda al respecto: "Las dulces prendas de Garcilaso: Guiomar, Elena y Beatriz (Aunque una de ellas acaso no lo fuera demasiado)", *Salina*, Nº 22 (2008), pp. 55-64.

creador tan importante limite sus horizontes a sí mismo, sin ni siquiera tener un mínimo compromiso con la realidad exterior? Por supuesto que no.

Anne J. Cruz, en una reseña que trata del Neohistoricismo, ve una idea en común entre los escritores renacentistas, que es el desarrollo de la identidad personal como una fuerza dialéctica, abarcando pero al mismo tiempo transgrediendo, varias instituciones y mecanismos de la sociedad[1]. Por su parte, el estudioso británico Burke, al sintetizar unos estudios monográficos sobre la figura de los artistas e intelectuales de la época, constata que la nueva tendencia renacentista se caracteriza por un cultivo del individuo y un creciente interés por la "autoconciencia" y la "autopresentación", o mejor dicho, por la "producción de un estilo personal"[2].

De hecho, nuestro "Príncipe de los poetas", hombre completamente renacentista, es un personaje descontento con su entorno cultural. Mientras que la imagen femenina se sublima en Musa y se transforma después en un pretexto de la creación literaria[3], se atisba, más allá de sus versos amatorios en sentido figurado, cierto empeño palpitante en depurar y perfeccionar su poesía, como revela en su Soneto I:

---

[1] Véase Anne J. Cruz, "Self-Fashioning in Spain: Garcilaso de la Vega", *Romanic Review*, Nº 83: 4 (1992: Nov.), pp. 517-518 y ss.

[2]   Peter Burke, *Los avatares de «El cortesano». Lecturas y lectores de un texto clave del espíritu renacentista*, trad. Gabriela Ventureira, Barcelona, Gedisa, 1998, pp. 18 y 48. En cuanto a los tratados que el mismo ha citado, véanse también Jacob Burckhardt, *La cultura del Renacimiento en Italia*, trad. Ramón de la Serna y Espina, Madrid, Edaf, 1982; Stephen Greenblatt, *Renaissance Self-Fashioning. From More to Shakespeare*, Chicago y Londres, University of Chicago, 1980; Erving Goffman, *La presentación de la persona en la vida cotidiana*, trad. Hildegarde B. Torres Perrén y Flora Setaro, 2ª reimpresión, Buenos Aires, Amorrortu, 1994; y asimismo Heinz Otto Burger, "Europäischer Adelsideal und deutsche Klassik", en *"Dasein heisst eine Rolle spielen": Studien zur deutschen Literaturgeschichte*, Munich, Hanser, 1963, pp. 211-232.

[3] Según constatan varios estudios, podría ser que el poeta y su amor ideal nunca se hubiesen encontrado, y el mito de sus relaciones íntimo-amorosas se remonta al siglo después de su muerte. Véanse los artículos de Frank Goodwyn, "New Light on the Historical Seeting of Garcilaso's Poetry", *Hispanic Review*, Nº 46 (1978), pp. 1-22; David H. Darst, "Garcilaso's Love for Isabel Freire: The Creation of a Myth", *Journal of Hispanic Philology*, Nº 3 (1979), pp. 261-268; y Palema Waley, "Garcilaso, Isabel and Elena: The Growth of a Legend", *Bulletin of Hispanic Studies*, Nº 56 (1979), pp. 11-15.

Cuando me paro a contemplar mi 'stado
y a ver los passos por dó m'han traído,
hallo, según por do anduve perdido,
que a mayor mal pudiera aver llegado;

mas cuando del camino 'stó olvidado,
a tanto mal no sé por do he venido;
sé que me acabo, y más he yo sentido
ver acabar comigo mi cuidado.

(Soneto I, vv. 1-8)

Por un lado, a pesar de parecer una introspección sobre el estado propio del amante-poeta en su fuero interno y unos reproches de su amor pasional en el tiempo pasado, el presente poema encierra un sentido de gran profundidad, por lo que provoca innumerables resonancias en la lírica posterior de la Edad de Oro, como en Lope de Vega, Juan de Malara, Gil Polo, Bartolomé Leonardo de Argensola, el Duque de Sesa, Diego Bernardes y Luis de Camões. De ahí que el profesor Glaser reconozca la creación como un "Rechenschaftssonett" (un soneto de conciencia)[1]. Por otro lado, aunque muchos comentaristas tradicionales han descubierto, en apariencia, su préstamo evidente del Soneto CCXCVIII "Quand'io mi volgo indietro a mirar gli anni..." de Petrarca, el modo de reacción que adpota Garcilaso ante el reto de la canonicidad laureada, no se limita al cambio de registros lingüísticos (italiano-español), como se dedicaban los escritores italianizantes en el siglo anterior, por ejemplo Baena, Santillana y Mena. Y tampoco se articula en una disposición tan macrotextual con el gran *Canzoniere* como procura su amigo Boscán. En cambio, según opina Navarrete, el poeta toledano arraiga su punto de partida en un verso, en una imagen o en una figura metafórica de vetas particulares petrarquescas para ser su inspiración literaria, e incorpora al mismo tiempo lo alusivo en su elaboración propia[2]. Eso sí, lo que se refleja

---

[1] Cfr. Edward Glaser, "*Cuando me paro a contemplar mi estado*: trayectoria de un Rechenschaftssonett", *Estudios hispano-portugueses: relaciones literarias del Siglo de Oro*, Valencia, Castalia, 1957, pp. 59-95.

[2] Cfr. Ignacio Navarrete, *Los huérfanos de Petrarca. Poesía y teoría en la España renacentista*, versión española de Antonio Cortijo Ocaña, Madrid, Gredos, 1997, pp. 123-126.

en su exitosa lucha ofrece una visión crítica del escrito original y una destreza en la creación. Así pues, en el caso del Soneto I, en lugar del simple examen del estado emocional del poeta, nos interesa más su razonamiento agudo sobre el cultivo artístico a lo largo de su carrera.

Por lo demás, esta pieza, a pesar de no confeccionarse en la fecha más temprana[1], se coloca siempre en el primer lugar como portada del *corpus* garcilasiano[2]. ¿No goza de ninguna importancia específica? De acuerdo con Prieto, el poeta es un petrarquista profundo e integral, que conoce su *Canzoniere* "como historia de un proceso amoroso que progresa «narrativamente» desde un inicial encuentro con la amada", y a lo mejor ofrecería "una organización como la presentada por el Códice Vaticano Latino 3195" si no le hubiese ocurrido la muerte prematura[3]. Es decir que, para tener una lectura con sentido, se debe tratar la totalidad textual de Garcilaso como el cancionero del maestro, que se desarrolla según un progreso secuencial. Ahora bien, volviendo nuevamente al Soneto I, encontraremos lo implícito que llevan sus siguientes tercetos:

> Yo acabaré, que me entregué sin arte
> a quien sabrá perderme y acabarme
> si quisiere, y aún sabrá querello;
>
> que pues mi voluntad puede matarme,
> la suya, que no es tanto de mi parte,
> pudiendo, ¿qué hará sino hazello?
>
> (Ibid., vv. 9-14)

---

[1] Cfr. Rafael Lapesa, Apéndice I, "Cronología de la producción garcilasiana", en *La trayectoria poética de Garcilaso*, 2ª ed., Madrid, Alianza, 1985, pp. 185-193.

[2] Antonio Gallego Morell expone una tabla sobre el orden por el que se disponen las obras garcilasianas en las ediciones más privilegiadas, desde la príncipe (1543), las del Brocense, Herrera, Tamayo de Vargas y Azara, hasta el Manuscrito de Lastanosa-Gayangos y una del siglo XX (1966). Entre las que, todos los editores, a excepción de Azara, ubican esta pieza "Quando me paro..." de la que tratamos al presente en el primer lugar de toda la colección de sus obras completas. Véase su Introducción, *Garcilaso de la Vega y sus comentaristas*, Madrid, Gredos, 1972, pp. 68-69.

[3] Antonio Prieto, *La poesía española del siglo XVI. I. Andáis tras mis escritos*, 2ª ed., Madrid, Cátedra, 1991, p. 81.

De tal situación, según muestra R. Lapesa[1], Garcilaso como si se hallase extraviado en una selva umbría, aspira a alguien que le guíe en su cavilación, al igual que Dante en su *Comedia* (vid. *Infierno*, Canto I, vv. 1-27). Y desde mi punto de vista, Petrarca también se imagina en la misma atmósfera, cuando está frente al desfile del Amor (*Triumphus Cupidinis* I, vv. 34-42). Sin embargo, distinto a Dante con Virgilio, y a Petrarca con un maestro o con su amigo-poeta[2], Garcilaso a solas, se dedicará con su voluntad propia a enfrentarse a los desafíos poéticos. Concretamente, esta pieza desempeña el papel del exordio, conforme a Herrera: "Prefacion de toda la obra y de sus amores, y proposicion con la contemplacion y vista de lo presente y pasado"[3]. O mejor dicho, una meditación sobre el curso de una trayectoria que avanza. Entonces, el Soneto I se constituye en un motivo idéntico a su homólogo en el *Canzoniere* de Petrarca, por el que el poeta revela sus preocupaciones interiores, no sólo por el amor (devaneos juveniles) sino por el arte (creaciones prematuras):

> Voi ch'ascolte in rime sparse il suono
> di quei sospiri ond'io nudriva 'l core
> in sul mio primo giovenile errore
> quand'era in parte altr'uom da quel ch'i' sono,
>
> del vario stile in ch'io piango et ragiono
> fra le vane speranze e 'l van dolore,
> ove sia chi per prova intenda amore,
> spero trovar pietà, nonché perdono.
>
> (Rima I, vv. 1-8)[4]

---

[1]   Véase la comparación entre Garcilaso y Dante de Rafael Lapesa, en *op cit.*, pp. 81-83.

[2]   En cuanto al personaje que acompaña a Petrarca en su viaje de los *Triumphi*, las hipótiesis son varias. Se lo identifica normalmente con Dante, Boccaccio, el poeta Cino da Pistoia, y a veces con algún amigo de Petrarca, especialmente con Sennuccio del Bene, o con su primer maestro, Convenevole da Prato. Cfr. las explicaciones detalladas de Guido M. Cappelli en su edición bilingüe de *Triunfos*, trad. Jacobo Cortines y Manuel Carrera Díaz, Madrid, Cátedra, 2003, p. 95.

[3]   *Comentarios de Fernando de Herrera*, en *Garcilaso de la Vega y sus comentaristas*, cit., p. 315, H-2.

[4]   Acerca de sus sonetos y canciones citados en el presente trabajo, adapto la edición bilingüe de Jacobo Cortines, *Cancionero I y II*, 2ª ed., Madrid, Cátedra, 1997. Este Soneto I, a juzgar por el mismo profesor, "figura como prólogo en la segunda redacción del *Cancionero*" (I, p. 131). De acuerdo con explicaciones de Marco Santagata, además, se muestra cierta ansiedad poética en

[Vosotros que escucháis en sueltas rimas / el quejumbroso son que me nutría / en aquel juvenil error primero / cuando en parte era otro del que soy, / del vario estilo en que razono y lloro / entre esperanza vanas y dolores, / en quien sepa de amor por experiencia, / además de perdón, piedad espero.]

La inquietud poética de Garcilaso no se localiza sólo en el comienzo de su *corpus*, sino a lo largo del mismo. En su Canción III, por ejemplo, el poeta muestra también su ansia por la inmortalidad del arte propio. En apariencia, el tema central consiste en la contemplación del paisaje danubiano, y se refiere al exilio del cortesano-guerrero como castigo del emperador Carlos V. No obstante, de manera consciente e insinuante en la estrofa final, el autor exterioriza una meditación e intención de prolongar la vida de su creación, por medio de un breve soliloquio sentimental que se dedica a esta misma:

> Aunque en el agua mueras,
> canción, no has de quejarte,
> que yo he mirado bien lo que te toca;
> menos vida tuvieras
> si hubiera de igualarte
> con otras que se m'han muerto en la boca.
>
> (Canción III, vv. 66-71)

Y se perciben unas reminiscencias, aunque indirectas y latentes, con la Rima CCXCIII petrarquesca, donde el maestro italiano revela con rodeo y en cierto sentido contrario, sus propósitos reales de versificar las intimidades, de tejer los pensamientos, sutilizar el estilo y refinar las rimas: obtener fama y ganar honores.

> Et certo ogni mio studio in quel tempo era
> pur di sfogare il doloroso core

---

esta pieza de introducción al *corpus*: "esso si collega alla decisione petrarchesca di organizzare le «rime sparse» in un libro che disegni la parabola storica ed esemplare del suo amore" (Francesco Petrarca, *Canzoniere*, edizione commentata a cura di Marco Santagata, 5ª ed., Milano, Arnoldo Mondadori, 2001, p. 5).

in qualche modo, non d'acquistar fama.

Pianger cercai, non già del pianto honore:
or vorrei ben piacer; ma quella altera
tacito stanco dopo sé mi chiama.

(Rima CCXCIII, vv. 9-14)

[Todo mi afán, es cierto, entonces era / que el pecho dolorido se
expresara / de cualquier forma, y no el obtener fama. / Busqué llorar,
y no adquirir honores; / gustar quisiera ahora, mas cansado / y en
silencio tras sí me llama aquélla.]

Por lo demás, Garcilaso en su melancólica y quejumbrosa Elegía II, al
lamentarse de la ausencia de su amor, pone de relieve directa y escuetamente
tanto su compromiso esencial con la misma escritura, como su conciencia
de corrección que siempre lleva en el proceso de confección artística. Así lo
refleja el autor dentro de una tonalidad seria, y a la vez con gracejo y humor:

Mas ¿dónde me llevó la pluma mía,
que a sátira me voy mi paso a paso,
y aquesta que os escribo es elegía?

Yo enderezo, señor, en fin mi paso
por donde vos sabéis que su proceso
siempre ha llevado y lleva Garcilaso.

(Elegía II, vv. 22-27)

En suma, el "me paro a contemplar mi 'stado" y el "yo he mirado bien
lo que [a la Canción] te toca", así como el "¿dónde me llevó la pluma mía?"
y el "Yo enderezo [...], en fin mi paso", han puesto palpitante la iniciativa; a
saber, la espontaneidad reflexiva de Garcilaso en perfeccionar su arte para
inmortalizarse espiritualmente. La imitación y elaboración del poeta, en
efecto, es bien sobria, sútil, deliberada, y al mismo tiempo es mucho más
cualitativa que cuantitativa. Según declara Arce de Vázquez, es global y
polifacético su petrarquismo, que se muestra no sólo en la forma externa
y la mímesis directa (traducción literal) sino en el fondo, hasta rebasar

su gran modelo de estudios[1]. De manera que, aparte de dedicarse bajo recomendación del mejor amigo, Boscán[2], a la adaptación y al cultivo de los metros, estrofas, temas y géneros predominantes en la cuna renacentista, Garcilaso se nutre de un hondo humanismo del maestro, que cuenta con el dinamismo virtual, espíritu reformista y ahínco evolutivo, y que se revela en su obra de gran prudencia y de suma madurez, los *Triumphi*.

En éstos, se reconoce que un Amor cruel, normalmente definido como la máxima potencia vencedora, es derrotado y superado por unas fuerzas consecutivas: Castidad, Muerte, Fama, Tiempo y Eternidad. El mismo se somete a varias metamórfosis, hasta culminar en la citada Eternidad, donde el Amor se hace puro. Por otra parte, si aceptamos la visión sincrónica de Rivers, al revisar los poemas de Garcilaso según el orden de su edición *princeps*, se advierten tres secciones fundamentales: 1) el marco cancioneril de amor cortesano (formado por sonetos y canciones); 2) el marco elegíaco y horaciano (por elegías, oda y epístola); y 3) el marco pastoril (por églogas)[3]. Y dentro de los tres grupos, el tema más obsesivo del poeta es el amor, el cual sufre ciertas modificaciones y refinamiento a lo largo de su desarrollo, en coherencia con el mismo tema del maestro en sus *Triumphi*.

Entonces, al concretar la similitud de preocupación poética entre el autor español y el maestro italiano, lo más importante es encontrar una metodología apropiada para aproximarnos al tema. Y la que adopto es la teoría neohistoricista, con Greenblatt a la cabeza. Los críticos de esta corriente subrayan la trascendencia de los textos literarios, pues no los

---

[1]   En cuanto a la influencia petrarquesca sobre Garcilaso, véase Margot Arce de Vázquez, *Garcilaso de la Vega: Contribución al estudio de la lírica española del siglo XVI*, 4ª ed., Barcelona, UPREX, 1975, pp. 120-135. Es más, consulte asimismo el estudio antecedente que fue citado muchas veces por la autora, de Hayward Keniston, *Garcilaso de la Vega: A Critical Study of His Life and Works*, Nueva York, Hispanic Society of America, 1922.

[2]   Véase la epístola de Juan Boscán "A la duquesa de Soma", que sirve como la pieza de introducción a su *Libro II* del corpus, y que también marca el punto de arranque de sus obras hechas al modo italianizante, en *Las obras de Juan Boscán de nuevo puestas al día y repartidas en tres libros*, edición, estudio y notas de Carlos Clavería, Barcelona, PPU, 1991, pp. 229-233.

[3]   Son ideas sintetizadas de Elias L. Rivers, introducción, *Obras completas con comentario*, de Garcilaso, edición crítica de Elias L. Rivers. Madrid: Castalia, 2001, pp. 29-33.

aislan en un mundo "monológico"[1] de confección ficticia, sino que ponen de manifiesto su interrelación con la sociedad que los rodea, y también sus enlaces con los textos de otros géneros (no literarios), a fin de indagar la influencia recíproca entre las piezas que abordamos y su realidad objetiva. Es decir, una reconstrucción histórica del contexto literario. De hecho, como nos faltan suficientes documentos y ensayos de Garcilaso para confirmarnos su trayectoria purificadora, creo que el Neohistoricismo nos proporciona una buena perspectiva para tratar y reinterpretar sus piezas líricas en los distintos marcos de elaboración. La originalidad de esta "práctica"[2] consiste en la valoración de la misma poesía como base fundamental para reconstruir su contexto, y asimismo la eliminación de las barreras entre el relato de la historia y de la ficción para desmoronar el concepto tradicional respecto al dominio absoluto de lo histórico sobre lo poético. Esto quiere decir que la literatura no sólo recibe pasivamente influjos de la historia, sino que se los da en cambio. Así pues, se forma una "circulación" social[3]. Los neohistoricistas mezclan el trasfondo histórico-cultural y los pensamientos teóricos del tiempo, junto con la vida y experiencia biográfica del escritor, para dilucidar el proceso de interacción entre la sociedad y la obra. Y refieren los contenidos del escrito poético a sus préstamos ideológicos, configurando una red de intertextualidad, a fin de aclarar los contextos de la misma escritura y del escritor en su profundidad. O en términos de dicho comentarista, en busca de un "deseo de hablar con los muertos"[4].

En consecuencia, en el presente trabajo, me valgo de las tres secciones inducidas por Elias L. Rivers como estructura fundamental del análisis. Estratifico la elaboración garcilasiana del amor en tres fases (la exaltación, la espiritualización y la mitificación), y las observo respectivamente en los

---

[1]   Un término indicado por Stephen Greenblatt, en *The Forms of Power and the Power of Forms in the Renaissance*, Norman, University of Oklahoma, 1982, p. 5.

[2]   Según insiste Stephen Greenblatt, esta teoría literaria es una mera práctica de observación, en lugar de una doctrina. Véase su artículo "Towards a Poetics of Culture", *The New Historicism*, ed. Harold Veeser, Nueva York y Londres, Routledge, 1989, p. 1.

[3]   Ibid., p. 8.

[4]   Stephen Greenblatt, "La circulación de la energía social", *Nuevo Historicismo*, compilación de textos y bibliografía de Antonio Penedo y Gonzalo Pontón, Madrid, Arco/Libros, 1998, p. 33.

siguientes capítulos: el amor prudente, la muerte afamada y la leyenda eterna. Éstos son paralelos al mismo tiempo a los tres grupos de los *Triumphi*, cada uno formado por dos fuerzas bien enlazadas pero a la vez opuestas: el Amor con la Castidad, la Muerte con la Fama y el Tiempo con la Eternidad. Por esta yuxtaposición formal del *corpus* de Garcilaso con la obra del maestro italiano, espero que puedan señalarse los motivos auténticos del poeta en cada marco de su confección. Y además, todos mis modos de acercamiento a su tema predilecto, el amor, tratan de averiguar, en efecto, su proceso purificador de la poesía, mediante análisis textual, así como comparaciones y contrastes con los pensamientos y creaciones de su época.

I. Amor prudente

> *Yo no nascí sino para quereros;*
> *mi alma os ha cortado a su medida;*
> *por hábito del alma misma os quiero.*
>
> (Soneto V, vv. 9-11)

Fig. 2. Triunfo del Amor, *reproducción de los grabados de la edición de
Arnao Guillén, Logroño, 1521*[1].

---

[1] Fuente de la lámina: Francesco Petrarca, *Triunfos*, edición preparada por Jacobo Cortines y
Manuel Carrera, Madrid, Editora Nacional, 1983.

Triumpho   de Castidad

Fig. 3. Triunfo de la Castidad, *reproducción de los grabados de la edición de Arnao Guillén, Logroño, 1521*[1].

---

[1] Fuente de la lámina: Ibid.

Desde la época de Ovidio (43 a.C.-17 d.C.), debido a la exposición de la sensualidad en su afamada *Ars amatoria*[1], el elogio y servicio a la mujer, el empleo de artimañas, el cultivo de la apariencia y del espíritu (insistencia, paciencia y condescendencia) se han considerado componentes *sine qua non* en el procedimiento de pretensión seductora, tanto para la aproximación como para la adquisición y el mantenimiento del amor. El desarrollo del tema, en vez de pasar de moda a cauda de las doctrinas cristianas, logra más popularidad, sobre todo en la sociedad de la aristocracia feudal. Hacia el final del siglo XII, Andreas Capellanus, a instancias de la condesa María de Champaña, da a luz su obra *De amore*[2], estipulando los preceptos del amor cortés. Gracias a la transmisión, interpretación y elaboración de los jugalres y trovadores[3], el marco amatorio se queda configurado y codificado, y además de formar parte de su repertorio de espectáculos en público o su temario de

[1] En el Libro I, se enseñan las técnicas y ocasiones apropiadas para conseguir el afecto de las mujeres, y en el II, se muestran los pasos y procedimientos para mantener el amor conquistado. En ambos, pues, se pone de relieve el predominio de elocuencia panegírica y astuta, por el que el amante debe alabar cuanto sea posible la belleza exterior de su amada, aunque unas veces con lisonjas y otras con eufemismos fingidos, y debe aprovechar unos medios benéficos, como los esclavos o criados de la amada y regalos, para facilitar su aproximación y conservación del amor. En el III, se pone de manifiesto el cultivo del aspecto y del interior del amante a fin de seducir a las mujeres. (Cfr. Ovidio, *Arte de amar. Remedios de amor*, introducción, traducción y notas de Juan Luis Arcaz Pozo, 3ª reimpresión, Madrid, Alianza, 2006).

[2] Inés Creixell Vidal-Quadras, Prólogo, *De amore (Tratado sobre el amor)*, de Andrés el Capellán, texto original, traducción, prólogo y notas por Inés Creixell Vidal-Quadras, Barcelona, Sirmio, 1990, pp. 13-14. Y en cuanto a la difusión de la obra, véanse sus explicaciones en las páginas 25-34.

[3] Según observa Rafael Lapesa, el tema del *amour courtois* sufre ciertas modificaciones en manos de los trovadores, cuando se trasplanta del sur de Francia a España. En ésta, por ejemplo, la lírica no elgoia a las mujeres casadas como en su lugar de origen provenzal, sino a las doncellas como su figura preferida (Cfr. *La obra literaria del marqués de Santillana*, Madrid, Ínsula, 1957, p. 12).

recitación en las cortes, llega a ser un modelo prevaleciente en toda Europa occidental durante la época bajomedieval.

Así, a lo largo del desarrollo literario, aparecen numerosas piezas del romancero y lírica popular que se han compuesto con el presente tema como parámetro. Y mientras tanto, se da cuenta de algo más importante en varias obras que hoy son calificadas de cánones: la elaboración poética como pretexto para camuflar unos sentimientos crudos y primitivos. Así, el *Pamphilus* en Francia, *Los cuentos de Canterbury* de Chaucer en Inglaterra, el *Decamerón* de Boccaccio en Italia, el *Libro de buen amor* del Arcipreste de Hita y la *Celestina* de Rojas en España. En esta tendencia, ¿se trata de una burla o una parodia del formalismo amatorio? ¿Una degradación del prototipo poético? ¿Un anuncio de la concepción antropocéntrica? ¿O simplemente un trasunto de la realidad social? Todo es posible. Sea cualquiera, lo cierto es que el motivo resulta ser un cliché. Los mejores testimonios se muestran en las numerosas piezas, recogidas por Hernando del Castillo en su *Cancionero general* (Valencia, 1511). Todas ellas se caracterizan por lo estético de su forma y por lo abstracto de su léxico, a veces con referencia a estados emocionales, y otras veces con empleo de eufemismos; de ahí, la sobra de tópicos y la falta de riqueza y variedad en su expresión poética[1].

Es más, por la existencia de contradicciones y ambigüedades en los preceptos del amor[2], se desmorona en efecto el idealismo del marco cortés una vez que se configura, y se suprimen a continuación los aspectos espirituales en la práctica: la virtud, la razón y la pasión contenida[3]. Según indica Duby, por ejemplo, a causa de la materialización paradójica de la *amistat*, basada en "ganar lo que estaba en juego, la dama", se pierde

---

[1]   Keith Whinnom, "Constricción técnica y eufemismo en el *Cancionero general*" (fuente original: "Hacia una interpretación y apreciación de las canciones del *Cancionero general*", *Filología*, XIII [1968-1969], pp. 361-381), *Historia y crítica de la Literatura española I: Edad Media*, editado por Alan Deyermond, Barcelona, Cátedra, 1980, pp. 346-349.

[2]   Según Jean Markale, en los preceptos de amor existen ciertas contradicciones y ambigüedades, así que el objetivo moral al que intenta alcanzar Capellanus es, en realidad, poco eficaz (Cfr. *El amor cortés o la pareja infernal*, trad. Manuel Serrat Crespo, 3ª ed., Palma de Mallorca, El Barquero, 2006, pp. 35-42).

[3]   Véanse las reglas VIII, XVIII y XXIX que indica Andrés el Capellán, en *op. cit.*, pp. 362-365.

la virtud de mesura, ésta que ha sido incorporada en la educación de la caballería, una de las fuentes de la *fine amour*[1]. Y de esto resulta su degradación.

Por añadidura, en razón del antropocentrismo renacentista, se muestra el carácter innato del presente tema: la sensualidad. La pieza más representativa de la revelación en España será la *Celestina*. De acuerdo con Vaquero Serrano, el mundo imaginario de Calisto y Melibea puede ser en realidad un reflejo fiel del Toledo finisecular, tanto por su bienestar y riquezas como por su pasión y tentación, donde Garcilaso vive desde la infancia y pasa su juventud[2]. Quiero decir que, mediante esta famosa *Tragicomedia*[3], donde se muestra un microcosmo del hilo conceptual ovidiano, Garcilaso se entera bien de la convención literaria del amor, y al mismo tiempo se acomoda durante unas décadas al espacio sensual de los protagonistas ficticios. Por lo tanto, el panorama de los factores sociales y artísticos, como hemos señalado, el estereotipo, la corrupción y el erotismo, se convierte en la base indispensable para la inspiración y elaboración de la obra literaria del poeta.

No obstante, en la primera mitad del Cuatrociento, se dispone de un medio favorable para la evolución poética, conformado por una moderación en las actividades de la Reconquista, por la aparición e incremento de la burguesía, y asimismo por la Corte de Juan II (1419-1454) que acoge las corrientes extranjeras, especialmente las de Italia por sus contactos íntimos entre una y otra. Así, el *dolce stil nuovo* con Dante y Petrarca a la cabeza se injerta como un nuevo estímulo, que infunde la savia fresca de un árbol

---

[1] Cfr. Georges Duby, "A propósito del llamado amor cortés", *El amor en la Edad Media y otros ensayos*, trad. Ricardo Artola, 1ª reimpresión, Madrid, Alianza, 1992, pp. 71-72.

[2] Véase María del Carmen Vaquero Serrano, *Garcilaso: poeta del amor, caballero de la guerra*, Madrid, Espasa-Calpe, 2002, p. 42.

[3] La *Celestina* goza de gran popularidad y divulgación desde que salió a luz. Según estudia P. Pacual, que cita una tabla estadística de Alarcón Benito, esta pieza —con el título *Tragicomedia de Calisto y Melibea*, o con el del *Libro de Calisto y Melibea y de la puta vieja Celestina*, o con el abreviado más conocido— se publica por lo menos 76 ediciones durante el Quinientos, tanto en España como en Portugal e Italia. Cfr. Pedro Pascual, "La primera edición de «La Celestina»", *Historia 16*, Nº 284 (1999), pp. 108-117.

joven en un árbol viejo plantado hace centurias en la meseta seca y ardiente de la Península, fecundando y revitalizando el alma de la poesía cortesana. Por su lirismo *fecho al itálico modo*, el amor no sólo se coloca como fetiche en pedestal, más ennoblecido que nunca en la civilización occidental para ser exaltado, sino que se erige como una fuerza de la sublimación espiritual. Cuanto más fuerza consumen los enamorados para unirse, más puro y digno será el amor, tal como los casos de Dante y Petrarca: el uno, a través de un largo viaje infernal y purificatorio, encuentra a su Beatrice en el Paraíso Terrenal; y el otro, después de someterse a una lucha dura en su interior contra la seducción sensorial del Amor, llega a ser el adherente de su Laura[1].

A principios del siglo XVI, Garcilaso se halla inmerso en estas corrientes amorosas, donde tanto se heredan los tópicos del amor ovidiano con su vertiente de sensualidad, como se reciben con brazos abiertos los ideales del espiritualismo italiano. De manera que el poeta deambula paradójicamente entre el deseo y la razón, como el laureado se somete al debate entre el Amor y la Castidad en sus primeros *Triumphi*. Con voluntad espontánea, Garcilaso se entrega a sus pasiones amorosas, pero en seguida las refrena con la razón. Así estos versos:

> En esta diferencia mis sentidos
> están, en vuestra ausencia, y en porfía;
> no sé ya qué hacerme en mal tamaño;
>
> nunca entre sí los veo sino reñidos:
> de tal arte pelean noche y día,
> que sólo se conciertan en mi daño.

(Soneto IX, vv. 9-14)

Una contradicción entre la voluntad de liberarse del amor doloroso y el temor a la ausencia del mismo; es decir, a perderlo para siempre. Esta lucha interior no se nota en los versos indicados sólo, sino que junto con imágenes

---

[1] Respecto al caso anterior, véanse los cantos XXX y XXXI del *Purgatorio*, en Dante Alighieri, *Comedia. Purgatorio*, edición bilingüe, traducción, prólogo y notas de Angel Crespo, 1ª ed. en Biblioteca Formentor, Barcelona, Seix Barral, 2004, pp. 350-371. Y con respecto al posterior, véanse el *Triunfo del Amor* III y IV y el *Triunfo de la Castidad*, en Petrarca, *op. cit.*, pp. 132-201.

de ásperos caminos, se presenta varias veces en sus poemas cancioneriles, así como los sonetos VI, XXXVIII y la canción IV. Definitivamente, están llenos de desasosiego, angustia e indecisión. Y al equiparar el amor con el *leitmotiv*, al que se dedica con todo su tesón, podemos hacer conjeturas acerca de su preocupación auténtica, que consiste más en la poesía o el arte propio que en la emoción aparente. Además, de acuerdo con Arce de Vázquez, en este ciclo de elaboración, Garcilaso identificándose como cortesano, en lugar de guerrero o pastor en otros marcos poéticos, es artífice de su destino:

> El "cortesano" [...] se mueve en una atmósfera cargada de dinamismo. Su vida es lucha consigo mismo y con lo exterior. Entre el vaivén turbulento de las pasiones, su razón y su voluntad le señalan un camino; continuamente tendrá que vencerse y vencer a los demás[1].

En el caso que abordamos, el creador querría alejarse de la tradición sensualista del amor, con voluntad de purificarlo, y entretanto goza del carácter profano del mismo, cuyo modelo se constituye desde las antigüedades, a costa de la fe religiosa, de la ética consuetudinaria y de los beneficios económico-políticos[2]. De ahí, un debate constante en torno al amor y la castidad.

Con los dos apartados que siguen, expongo en primer lugar cómo Garcilaso forma su paradigma del amor cortesano de acuerdo con los registros temáticos y poéticos que elabora Petrarca en la primera parte de sus *Rime*, dedicada a su Laura *in vita*, y en los *Triumphi Cupidinis* y *Pudicitie*. Por lo demás, entre líneas, indico cómo nuestro poeta pone de manifiesto,

---

[1] Margot Arce de Vázquez, *op. cit.*, p. 22.

[2] En realidad, la unión legal de las parejas no tenía nada que ver con el amor, sino con "el incremento de la riqueza o el poderío de las partes, además de la procreación de herederos" (Jean Verdon, *El amor en la Edad Media. La carne, el sexo y el sentimiento*, trad. Marta Pino Moreno, Barcelona, Paidós, 2008, p. 44). Sin embargo, el amor cortés ofrecía a los amantes un marco adecuado para expresar su emoción interior. Esto está de acuerdo con Capellanus en su primer precepto: "El matrimonio no es excusa suficiente para no amar" (*Libro del amor cortés*, cit., p. 229). Y este código, aparte de indicar la incompabilidad entre el matrimonio y el amor de la época, ha lanzado unos desafíos a las doctrinas cristianas (vid. Jean Markale, *El amor cortés o...*, cit., pp. 71-76).

de forma directa o con circunloquios, la tensión emocional de los amantes. Me valgo de ésta, en segundo lugar, para evidenciar las lacras enraizadas en el marco convencional que el poeta trata de revelar. Al mismo tiempo, hago referencia a ciertas creaciones españolas y extranjeras, antecedentes y coetáneas, profeministas y antifeministas, como contraste de sus ideas.

A. Código del amor cortés
Breve introducción al juego cortesano

Establecido por la alta sociedad, el amor cortés es como un "juego"[1] que trata de mecanizar las conductas y relaciones mutuas de los amantes, desde la promulgación de reglas por Capellanus hasta el Siglo de Oro en España. En este entorno, el galán-poeta rinde sumisión absoluta a su amada, como el vasallo a su amo conforme al feudalismo, y la búsqueda del amor no tiene una resolución feliz, de modo que el pretendiente vive afligido pero gozoso a la vez con sus dolores internos. Así es el mecanismo general del amor. En su primer *Triumphus*, el poeta toscano, aparte de sorprenderse de lo grande del Amor (vid. TC I, vv. 19-30)[2] y lo espectacular de su hueste (TC I, vv. 64-66 y 88-160; TC II, vv. 13-187; TC III, vv. 13-84; TC IV, vv. 13-57), se reconoce a sí mismo por amante, alabando la belleza exterior y la castidad de Laura, quejándose de su indiferencia cruel, sufriendo el tormento en sus profundidades, padeciendo las enfermedades de amor, y viéndose en la lucha interior entre la razón y el deseo. Y en su producción cancioneril, Garcilaso

---

[1] Es un concepto propuesto por Johan Huizinga en su famoso tratado finimedieval. Véase sobre todo su capítulo VIII "La estilización del amor", en *El otoño de la Edad Media. Esutdios sobre la forma de la vida y del espíritu durante los siglos XIV y XV en Francia y en los Países Bajos*, versión de José Gaos, traducción del francés medieval de Alejandro Rodríguez de la Peña, 4ª reimpresión, Madrid, Alianza, 2005, pp. 145-160.

[2] Todos los versos que cito de los *Triumphi* en el presente tratado son tomados de la edición bilingüe de Guido M. Cappelli, *Triunfos*, de Petrarca, trad. Jacobo Cortines y Manuel Carrera Díaz, Madrid, Cátedra, 2003. Y a fin de poner en claro el título de cada *Triumphus*, utilizo las siglas del idioma latino en vez del castellano, como la mayoría de los estudios al respecto: TC por *Triumphus Cupidinis* (Triunfo del Amor), TP por *Triumphus Pudicitie* (Triunfo de la Castidad), TM por *Triumphus Mortis* (Triunfo de la Muerte), TF por *Triumphus Fame* (Triunfo de la Fama), TT por *Triumphus Temporis* (Triunfo del Tiempo), y TE por *Trumphus Eternitatis* (Triunfo de la Eternidad).

cultiva el tema cortés de forma dispersa y alternada, sin disposición acordada con los cambios del estado de ánimo del amante, pero con un dominio de la materia y una técnica idénticos a Petrarca.

Al revisar este amor conforme al supuesto orden de su formación y desarrollo de la idealización, se advierten unos registros característicos que merecen la pena detallarse. Así pues, tomo unas piezas fragmentarias de nuestro autor, comparándolas de forma paralela con los versos petrarquescos, para poner de manifiesto su arte de exteriorizar los sentires de fase en fase bajo este marco de tradición trovadoresca.

1) *Contemplación y elogio de la mujer.* La visión y la oratoria siempre desempeñan un papel trascendente en el amor cortés. Según Ovidio, el primer paso de toda la tarea seductora es la búsqueda del objeto de querencia, en la que la mirada o contemplación se constituye por supuesto en el primer contacto más importante entre los amantes, y el provecho de palabras alabadoras es el mejor medio para conseguir el amor[1]. Por lo demás, con préstamo de los conceptos platónicos sobre el idealismo, Capellanus opina que "La ceguera impide amar, ya que un ciego no puede ver nada con lo que su espíritu llegue a obsesionarse"[2], o sea, le falta la capacidad para percatar la belleza de la mujer y para ilusionar su virtud más allá de la apariencia. Y con la muestra de ocho ejemplos de emparejamiento de distintos estratos sociales, el mismo cortesano reafirma que "La elocuencia del que ama acostumbra a despertar los aguijonazos del amor y hace creer en la rectitud del que habla"[3]. De forma que el galán-poeta contempla a su amor con miradas fijas y con versos panegíricos, como hace Petrarca al encontrar a Laura en el cortejo:

> E veramente è fra le stelle un sole,
> un singular suo proprio portamento,
> suo riso, suo disdegni, e sue parole;

---

[1] Cfr. Ovidio, *op. cit.*, pp. 63-64 y 93-94.

[2] Andrés el Capellán, *op. cit.*, p. 67.

[3] Ibid., p. 75.

le chiome accolte in oro, o sparse al vento,
gli occhi, ch'accesi d'un celeste lume
m'infiamman sì ch'i' son d'arder contento.

(TC III, vv. 133-138)

[Es un sol entre todas las estrellas, / singular en su porte, su sonrisa, / su manera de hablar y sus desdenes; / en oro recogidos sus cabellos, / o al viento sueltos, y sus ojos claros / me inflaman tanto que contento ardo.]

Y Garcilaso describe la silueta femenina, metaforizando unos caracteres de su rostro, y enfocándose en lo seductor de la mirada y del pelo largo y suelto, el cual es el hilo que teje los sentimientos del pretendiente, o mejor dicho, que constituye el lazo fuerte pero invisible que le sujeta el alma:

En tanto que de rosa y d'azucena
se muestra la color en vuestro gesto,
y que vuestro mirar ardiente, honesto,
con clara luz la tempestad serena;

y en tanto que'l cabello, que'n la vena
del oro s'escogió, con buelo presto
por el hermoso cuello blanco, enhiesto,
el viento mueve, esparze y desordena...

(Soneto XXIII, vv. 1-8)

....

De los cabellos de oro fue tejida
la red que fabricó mi sentimiento,
do mi razón, revuelta y enredada,
con gran vergüenza suya y corrimiento,
sujeta al apetito y sometida,
en público adulterio fue tomada,
del cielo y de la tierra contemplada.

(Canción IV, vv. 101-107)

Al mismo tiempo, por el rostro del color pálido de azucena, el mirar honesto con clara luz y el cuello blanco y enhiesto, el poeta pone de manifiesto la modestia femenina, en contraste con el color rosado en la cara, así como el mirar ardiente y tempestuoso, que compendia la sensualidad y la pasión[1]. Y además de las palabras panegíricas, el galán muestra su supeditación de buena gana a la dama como una señal de fidelidad amorosa y, siguiendo las reminiscencias renacentistas del ideal caballeresco, declara que puede hacer caulquier servicio o sacrificio por ella, hasta perder la vida, como si se tratase de un ritual sagrado:

> Cuanto tengo confieso yo deberos;
> por vos nací, por vos tengo la vida,
> por vos he de morir y por vos muero.
>
> (Soneto V, vv. 12-14)

Según veremos en los versos sentimentales, por más servicios que ofrezca el amante y por más palabras halagüeñas que pronuncie, no logra ningún afecto correspondiente de su amada como respuesta a su ardiente galantería.

2) *Quejas de la indiferencia femenina.* Al influjo del Neoplatonismo, una filosofía imperante en los conceptos renacentistas del amor, se debe considerar la belleza física como una fuerza motriz de la mente en busca de la otra superior en el plano espiritual, la que está reflejada o proyectada en la anterior, y que es la esencial que más merece la pena conocer y amar, según esclarece A. Parker: "dicho amor será adecuado tan sólo si conduce a su vez a la mente hacia el amor por la belleza del espíritu"[2]. En el marco del amor cortés, esta belleza espiritual quiere decir la virtud de la mujer, la prudencia, por la que, ante los panegíricos y piropos de su pretendiente, siempre muestra una actitud áspera, esquiva o fría, según opina Castiglione: "en un tierno corazón de mujer pueden la prudencia y la fortaleza hacer

---

[1]   Véase el estudio pormenorizado de Edward F. Stanton, "«En tanto que de rosa y azucena...»" (Fuente original: "Garcilaso's sonnet XXIII", *Hispanic Review*, XL [1972], pp. 198-205), en *Historia y crítica de la literatura española II. Siglos de Oro: Renacimiento*, editor Francisco López Estrada, Barcelona, Crítica, 1980, pp. 132-137.

[2]   Alexander A. Parker, "Amor ideal y neoplatonismo", en *La filosofía del amor en la literatura española 1480-1680*, trad. Javier Franco, Madrid, Cátedra, 1986, pp. 62.

compañía con la hermosura"[1]. Y por esta crueldad de modestia, se engendran naturalmente grandes dolores y tristeza en el fuero interno del galán rechazado. He aquí lo que muestra el poeta laureado:

> E veggio andar aquella leggiadra fera,
> non curando di me né di mie pene,
> di sue vertuti e di mie spoglie altera.
>
> (TC III, vv. 121-123)

[Y veo ir aquella bella fiera / sin cuidarse de mí ni de mis penas, / de su virtud altiva y mis despojos.]

Así, con más vehemencia y mayor furor, lo expresa Garcilaso:

> Vuestra soberbia y condición esquiva
> acabe ya, pues es tan acabada
> la fuerza de en quien ha d'esecutarse;
> mirá bien qu'el amor se desagrada
> deso, pues quiere qu'el amante viva
> y se convierta adó piense salvarse.
>
> (Canción I, vv. 14-19)
>
> ....
>
> yo estoy aquí tendido,
> mostrándoos de mi muerte las señales,
> y vos viviendo sólo de mis males.
>
> (Ibid., vv. 37-39)

---

[1]   Baltasar de Castiglione, *El cortesano*, trad. Juan Boscán, introducción y notas de Rogelio Reyes Cano, 5ª ed., Madrid, Espasa-Calpe, 2009, p. 99. La edición príncipe de la misma obra salió a la luz en 1528, fue apreciada por Garcilaso, y por un gran impulso y consejo del mismo, Boscán la tradujo al español. Y bajo atenta revisión del poeta toledano, la obra traducida fue impresa en la Cuidad Condal el día 2 de abril de 1534, para rendir homenaje al nuncio apostólico en Toledo, Castiglione, que falleció en la Ciudad Real en 1529, y cuya muerte causó a Garcilaso una impresión tan grande que nunca podría olvidar. Pues, además del motivo conmemorativo, nuestro poeta quería introducir este libro "incomparable" —desde el punto de vista de Garcilaso— a los lectores hispánicos. Véase María del Carmen Vaquero Serrano, *Garcilaso...*, cit., pp. 192, 257 y 170.

Aún más, el galán-poeta atribuye todas sus congojas a la crueldad de la dama, y recurre a las lágrimas, un componente bien lírico y expresivo, pero tópico a la vez que se halla con frecuencia en sus canciones, con motivo de desahogarse, y también de intensificar sus quejas y emoción.

> Vos sola sois aquélla
> con quien mi voluntad
> recibe tal engaño,
> que, viéndoos holgar siempre con mi daño,
> me quejo a vos como si en la verdad
> vuestra condición fuerte
> tuviese alguna cuenta con mi muerte.
>
> (Canción II, vv. 20-26)

....

> Mis lágrimas han sido derramadas
> donde la sequedad y el aspereza
> dieron mal fruto dellas, y mi suerte.
>
> (Soneto II, vv. 12-14)

3) *Síntomas de estar enamorado (poder del amor).* El amante, al recibir el desdén de la dama como respuesta a su afecto mostrado, se desalienta, se atormenta, se queja y se pone enfermo psíquicamente, hasta volverse loco en su conducta. Sin embargo, él nunca abandona la esperanza que concibe en su profundidad hacia el amor, puesto que lo considera como lo más importante de su espíritu, según refleja Garcilaso: "... aquella parte / que al cuerpo vida y fuerza estaba dando" (Soneto XIX, vv. 3-4). Por lo demás, la esperanza es como el alimento supremo del galán que sostiene su vida desanimada, y asimismo es como el analgésico que disminuye sus dolores interiorer, o mejor dicho, en palabras de Balbín de Prado: "siempre triunfa la esperanza como defensa y consuelo supremo del amante"[1]. Por esto, nos aseguramos de que la esperanza es idéntica a su amor, a su "razón de ser"[2] con respecto

---

[1]   Rafael Balbín Núñez de Prado, *La renovación poética del Renacimiento*, Madrid, Anaya, 1990, p. 31.

[2]   Uno de los tópicos en el código cortesano. Véase la observación de José Antonio Pérez-Rioja, "El amor en la literatura, a través del espacio y del tiempo", *El amor en la literatura*, Madrid, Tecnos, 1983, p. 223, y también pp. 214-216.

al galán cortesano. Y bajo tales circunstancias, se renuevan cíclicamente las llagas interiores del amante. De ahí, unos dolores gozosos y paradójicos, conforme a la elucidación de Petrarca:

> Così preso mi trovo, ed ella è sciolta;
> io prego giorno e notte —o stella iniqua!—,
> ed ella a pena di mille uno ascolta.
>
> Dura legge d'Amor! Ma benché obliqua,
> servar convensi, però che'ella aggiunge
> di cielo in terra, universale, antiqua.
>
> (TC III, vv. 145-150)

[Así, preso me encuentro, y ella libre; / yo clamo noche y día —ioh mala estrella!—, / y ella apenas de mil uno me escucha. / iOh dura ley de amor! Mas, aunque injusta, / se debe respetar, puesto que viene / del mismo cielo, universal, antigua.]

Varios ejemplos análogos se advierten también en sus sonetos *in vita* del *Canzoniere*, así como el XII con "giunga al mio dolore / alcun soccorso di tardi sospiri" (vv. 13-14), el XXI con "vive in speranza debile et fallace" (v. 6) y el XXXII con dos tercetos:

> Perché co' llui cadrà quella speranza
> che ne fe' vaneggiar sí lungamente,
> e 'l riso e 'l pianto, et la paura et l'ira;
>
> sí vedrem chiaro poi come sovente
> per le cose dubbiose altri s'avanza,
> et come spesso indarno si sospira.
>
> (vv. 9-14)

[Porque con él caerá aquella esperanza / que tanto tiempo delirar me hi- ciera, / y las iras, los miedos, llanto y risa; / después veremos claro que a menudo / se afanan otros por dudosas cosas, / y que en vano, frecuente, se suspira]

Garcilaso, pues, no sólo manifiesta sus sentires con una forma de expresión directa, en correspondencia con el laureado, como expone en su soneto IV "Un rato se levanta mi esperanza..." y en su soneto XXVI,

> Las más vezes me entrego, otras resisto
> con tal furor, con una fuerça nueva,
> que un monte puesto encima rompería.
>
> Aquéste es el desseo que me lleva
> a que desee tornar a ver un día
> a quien fuera mejor nunca aver visto.
>
> (vv. 9-14)

Sino que culmina el cultivo del tema con una figura apolínea ante su amor inalcanzable, Dafne, a la que ruega con creciente esperanza, pero de la que recibe, en cambio, más y más tristeza.

> Aquel que fue la causa de tal daño,
> a fuerça de llorar, crecer hazía
> este árbol, que con lágrimas regava.
>
> ¡O miserable 'stado, o mal tamaño,
> que con llorarla crezca cada día
> la causa y la razón por que llorava!
>
> (Soneto XIII, vv. 9-14)

4) *Enfrentamiento entre la razón y el deseo, con un fin de subyugación amorosa.* Mientras que el amante sufre tanto, piensa a menudo que el amor es un cepo seductor, al que al principio aspira a conseguir y después quiere dejar, pero no puede. Es porque el amor obsesiona tanto al galán que ocupa toda su alma, hasta volverlo histérico o loco. Por tanto se provoca una lucha entre la razón y el apetito. Y al final, siempre triunfa el posterior sobre el anterior, ya que según observa Green el cancionero del siglo XV, "el amor auténtico tiraniza la razón, y la persona del amante, con increíble violencia [...], y trastorna la mente y el buen juicio, o hace que se pierda la memoria de todo lo que no sea el objeto amado, reinando imperiosamente, de modo que el amante deja de ser él mismo, y se entrega por completo

al poder de la amada"[1]. Este síndrome ya pronostica la decisión final del amante: una propensión al deseo. En su *Triumphus Cupidinis* III, aunque Petrarca exterioriza de forma aliterada con once tercetos, su conciencia de los males que acarrea el Amor (vv. 151-184), como las iras, celos, lágrimas, intranquilidad, enfermedad y muerte, él sigue los desfiles de amantes hasta Chipre, la isla consagrada a Venus e, inmerso en su *locus amoenus*, desea que el Amor pueda vencer las virtudes castas de Laura:

> Io era al fin cogli occhi e col cor fiso,
> sperando la victoria ond'esser sòle,
> e di non esser più da lei diviso.
>
> Come chi smisuratamente vòle,
> ch'à scritte, inanzi ch'a parlar cominci,
> negli occhi e ne la fronte le parole,
>
> volea dir io: «Signor mio, se tu vinci,
> legami con costei, s'io ne son degno;
> né temer che già mai mi scioglia quinci!»
>
> (TP, vv. 55-63)

[Ojos y corazón fijos tenía, / esperando el triunfo del que vence, / y el no estar separado ya más de ella. / Como aquel que desea sin mesura, / y tiene escritas antes de que hable / en los ojos y en la frente las palabras, / así quise decir : «¡Señor, si vences, / úneme tú con ella, si soy digno, / y no temas que nunca me desate!»]

Al final, pese a estar convencido por la Castidad —la cara sutilizada del Amor, desde mi punto de vista—, el poeta nunca aleja su voluntad del deseo de ganar el afecto femenino, hasta que la espiritualice más adelante. Esto corresponde a lo que opina su guía-amigo al inicio del viaje sensual, y a lo que se desengaña él mismo en su reflexión:

> Così diss'io; ed e', quando ebbe intesa

---

[1] Otis H. Green, "Amor cortesano", *España y la tradicción occidental. El espíritu castellano en la literatura desde "El Cid" hasta Calderón*, trad. Cecilio Sánchez Gel, vol. I, Madrid, Gredos, 1969, p. 110.

la mia risposta, sorridendo disse:
«Oh, figliuol mio, qual per te fiamma è accesa!»

Io no l'intesi allor; ma or sì fisse
sue parole mi trovo entro la testa
che mai più saldo in marmo non si scrisse.

(TC I, vv. 58-63)

[Dije yo así, y sonriente dijo / tras haber escuchado mi respuesta: /
«¡Qué fuego, hijo, para ti se enciende!» / No lo entendí al principio,
mas ahora / sus palabras se encuentran en mi mente / más grabadas
que en mármol esculpidas.]

Y Garcilaso, bien experimentado en los dolores y amarguras del Amor, a
veces promete no exponerse a los peligros, como

Yo avia jurado nunca más meterme,
a poder mio y a mi consentimiento,
en otro tal peligro como vano;
    mas del que viene no podré valerme,
y en esto no voy contra el juramento,
que ni es como los otros ni en mi mano.

(Soneto VII, vv. 9-14)

Otras veces se alegra de huir de la atmósfera sensual (la locura), así como de
recuperar el estado "sano" (la cordura), por ejemplo,

Alegraráme el mal de los mortales,
y yo en aquesto no tan inhumano
seré contra mi ser quanto parece:
    alegraréme como haze el sano,
no de ver a los otros en los males,
sino de ver que dellos él carece.

(Soneto XXXIV, vv. 9-14)

Sin embargo, en más de una ocación, se imagina en el enfrentamiento entre
fantasía y libertad, entre dulzura y perjuicio, entre ardor y vergüenza. La

lucha es tan dilemática y agitada, tan obsesiva y extendida, que nuestro poeta la refleja con estrofas alargadas en su Canción IV. Y en el desenlace de esta pieza, pese a desengañarse de los males del amor, el poeta se ve sometido de nuevo al apetito:

> [...] mas luego en mí la suerte
> trueca y rebuelve el orden: que algún ora
> si el mal acaso un poco en mí mejora,
> aquel descanso luego se convierte
> en un temor que m'ha puesto en olvido
> aquélla por quien sola me he perdido.
> Y así, del bien que un rato satisface
> nace el dolor que el alma me deshace.
>
> (vv. 153-160)

En pocas palabras, todo el proceso amatorio en el entorno cortés forma un círculo cerrado de amor no correspondido. Siguiendo el código del amor estilizado, el amante elogia a la señora, y ella lo rechaza para mostrar su castidad. Aunque él se atormenta, no desea alejarse para siempre, sino que concibe constantemente una gran esperanza. De ahí que se lamente y se ponga enfermo, hasta sumergirse en sus dolores interiores. Cuanto más difícil sea la unión, más hincapié hace el amante para alcanzarla. Es decir, el poeta va a girar reiteradamente en torno del recinto sensual, entre amor y desamor, entre ilusión y desilusión, sin llegar a encontrar la salida, como si estuviese aprisionado en su profundidad, igual que Petrarca aislado por el Egeo en la isla consagrada al Amor, Chipre (vid. TC IV, vv. 100-102) y Garcilaso por el Danubio en Ratisbona (Canción III, vv. 1-6). Además, atendiendo a las propiedades del amor, aunque esté desarrollado en nombre de la prudencia y la castidad, es indiscutible que el origen del motivo consiste en una voluntad libre, un amor por amor, con exención de límites morales y beneficios socio-políticos, o en términos de Otis-Cour, un sentimiento de adulterio que impulsa al amante a llevar conductas y actuaciones a toda costa, aún a la de su vida[1]. Al indagar en la fuerza impetuosa y primitiva que se encubre trás la apariencia barnizada de cortesía y etiquetas, nos percatamos de que se trata más bien de un sentimiento erótico.

Por una parte, en el contexto de los versos retocados y las imágenes estilizadas del amor codificado, se presenta un matiz del que se caracteriza el tema: el furor, arrebato, desnudez, enredo, tensión, contradicción, brutalidad y aspereza. Es más, al apreciar el lirismo amatorio, el lector debe ser escéptico ante la esperanza con la que se alimenta el galán: posiblemente porque es opuesta a la razón. Y según el Neoplatonismo, si el amor fuese una concepción pura del deseo encendido por la contemplación de la belleza, en busca del bien supremo, ¿cómo podría dejar al amante en su abismo de aflicciones? En realidad, eso es exactamente lo que refleja Garcilaso en el inicio de su Canción IV: una aspereza de sus males que a veces lo llevan por el camino de "agudas peñas peligrosas" y de "matas espinosas" cuando está "arrastrado de un tan desatinado pensamiento"; y otras veces, por el camino más liso y decorado de flores, donde sus tormentos y dolores disminuyen, y él puede descansar (vid. vv. 1-16). Conforme a la constatación de Parker, esta aspereza quiere decir la pasión del galán cortesano[2]. Y a tenor de Duby, el código amatorio "proyectaba la esperanza de conquista como un espejismo en los límites imprecisos de un horizonte artificial"[3]. Por lo demás, según la observación perspicaz de Huizinga en su renombrada monografía, el tema empotrado en el marco convencional es nada más que un juego formalista.

> La aspiración a estilizar el amor era más que un juego vano. Era la violencia de la pasión misma la que impulsaba a la sociedad de la última Edad Media a dar a su vida erótica la forma de un bello juego, sometido a nobles reglas. De no querer entregarse a una ruda barbarie, era necesario encajar los sentimientos en formas fijas. [...] En la aristocracia, que se sentía en este punto independiente de la Iglesia, por

---

[1] Cfr. Leah Otis-Cour, "Literatura medieval y adulterio", *Historia de la pareja en la Edad Media. Placer y amor*, traducción de Anton Dieterich Arenas, prólogo de Juan Pablo Fusi, Madrid, Siglo XXI de España Editores, 2000, pp. 133-141.

[2] Cfr. Alexander A. Parker, *op. cit.*, p. 65.

[3] Georges Duby, "A propósito del llamado amor cortés", cit., p. 72.

poseer un poco de cultura profana, formóse con el ennoblecimiento de la erótica misma un freno para el desenfreno[1].

Por otra parte, al revisar las fases mencionadas de la pretensión seductora, se nos ocurren los comportamientos de Calisto con respecto a Melibea en la obra de Fernando de Rojas. Al modo cortesano, el amante elogia la belleza de la doncella; mientras tanto ésta le reprende su loco atrevimiento, y le da calabazas directa y presencialmente, con el fin de mostrar su virtud. Por la indiferencia femenina, el protagonista contagiado de la enfermedad de amor, se pone melancólico y desalentado, hasta recurre a la ayuda de sus criados: Sempronio y Pármeno. Los dos personifican respectivamente las figuras primordiales en la lucha interior del amante: la pasión y la razón. El primero procura convencer a su señor que contrate a la zurcidora de voluntades, Celestina, para lograr el afecto de su amada. El segundo, aunque se esfuerza por persuadir a su amo en no dejar hechizarse, él mismo después del "razonamiento" alucinador y seductor de la alcahueta, no sólo cae en el cepo que ha tendido el grupo de la pasión, sino que se convierte en su cómplice. Eso es la subyugación amorosa en el presente tema del que tratamos. Si es incuestionable la intención paródica de esta *Tragicomedia*, la unión final entre los protagonistas hace desengañarnos del carácter congénito del amor cortés: el sensualismo y la afectación.

B. Revelación erasmista
Breve introducción al pretexto erótico

Según estudios neohistoricistas, por represiones sociales de la época, las letras se muestran en general como una forma implícita que está en contra de las instituciones predominantes en la realidad. Antes de dirigirnos directamente al caso del poeta, nos detenemos en primer lugar a mirar los ejemplos que expone Greenblatt en su artículo "Balas invisibles", para enterarnos bien de su perspectiva crítica.

---

[1]   Johan Huizinga, *op. cit.*, p. 147.

Thomas Harriot, un prestigioso matemático y científico en la Inglaterra isabelina, por más alentadora y ortodoxa creencia que profesara durante su vida, fue sospechoso de ateísmo, a causa de sólo unas palabras que Christopher Marlowe declaró entre otras extensas opiniones, recogidas en un informe policial del año 1593: "Moisés no era sino un ilusionista, y que un tal Heriots, criado de Sir Walter Raleigh, podía hacer más que él"[1]. Tal señor, reconocido ofensor de Moisés, del Salvador y de la Sagrada Escritura, fue acusado de traidor, ya que se le encontraron unos "versos diabólicos" en la víspera del juicio. Además, en un banquete del mismo señor con el párroco Ralph Ironside, un criado llamado Oliver se quejó embriagado y gracioso de la vida lasciva del predicador con sus cincuenta y cinco concubinas, y quedó desde entonces bajo inspección oficial[2]. De estos datos cronológicos, Greenblatt deduce que la evidencia histórica no es creíble ni "fidedigna", así como la ficción no muestra una actitud observable en el mundo real, y en lugar de la evidenca, los literatos de la época buscaban una "representación", o sea una "revelación teatral del móvil"[3].

En definitiva, la gente no hablaba de sus sentires y pensamientos auténticos, sino que mentía para esquivar probables perseguimientos de la sociedad. A saber, se servía de camuflajes estratégicos y deliberados para encubrir sus motivos internos. Ésta es la razón de que en ese tiempo, los cuerdos o lúcidos no se atrevieron a decir las verdades, pues lo realizaban mediante personajes dementes, o en términos precisos, por bufones, truhanes, necios, locos, tontilocos y otras figuras marginadas y jocosas[4].

---

[1] El autor ha citado de John Bakeless, *The Tragical History of Christopher Marlowe*, vol. 1, Cambridge, Harvard University, 1942, p. 111.

[2] Con respecto a los últimos episodios de Raleigh y Oliver, el autor ha tomado de un estudio de Ernest A. Strathmann: *Sir Walter Ralegh: A Study in Elizabethan Skepticism*, Nueva York, Columbia University, 1951, pp. 25 y 50.

[3] Cfr. Stephen Greenblatt, "Balas invisibles", en *Nuevo Historicismo*, cit., pp. 61-67.

[4] En cuanto a esta figura en las letras, véanse los tratados detallados de Rogelio Reyes Cano, *Demencia y literatura en la Sevilla del siglo XVII: los «Sermones» del loco Amaro*, Discurso leído ante la Real Academia Sevillana de Buenas Letras, Sevilla, 1992, pp. 12-14; y "«Predicadores locos», «locos predicadores» y «locos agudos» en la literatura española del Siglo de Oro: los cuentecillos de Juan García", *Philologica (Homenaje al profesor Ricardo Senabre)*, Cáceres, Universidad de Extremadura, 1996, pp. 461-480.

De modo que surgieron varias creaciones originales, caracterizadas por sus protagonitas poco serios, acompañados de conductas y lenguaje audaces; por ejemplo, el conocido hidalgo en el canon de Cervantes, los burlescos gigantes (Pantagruel y Gargantúa) bajo la pluma del autor francés Rabelais, y la delirante predicadora Moría inventada por Erasmo. Y dado que el último es siempre invocado como un arquetipo del Renacimiento, los erasmistas se identifican con los intelectuales que gozan de la misma personalidad.

Volvamos los ojos hacia la cuestión de nuestro poeta. ¿Es Garcilaso un erasmista? Sin ninguna duda; el poeta cultiva su arte conforme al *dolce stil nuovo* del italianismo, pero no quiere decir que se preocupe sólo por la perfección métrica, la selección léxica, la idealización de sus imágenes poéticas y la espiritualización de sus temas amatorios. De hecho, atendiendo a varios datos, el poeta es un gran adepto erasmista, sobre todo durante su estancia en Nápoles, donde se pone en estrecho contacto con los fieles de la corriente. Según indica Serrano Poncela, lo más evidente de su actitud, que procede de "un estado de simpatía hacia las doctrinas erasmistas", es la indiferencia por la religiosidad exterior, que se trata de un rechazo a convertir la intimidad de su fe en mercancía poética, y que consiste a la vez en una frialdad con respecto al empleo de signos o gestos exteriores en la expresión de la fe[1]. Esto, a mi modo de ver, puede equipararse con su elaboración poética, que pretende desmitificar y depurar el amor cortesano.

Todo eso se debe atribuir al encuentro inesperado del poeta toledano, después de su destierro en el Danubio en 1532, con los hermanos Valdés, junto con un grupo más selecto de los humanistas contemporáneos, como Mario Galeota, Jerónimo Seripando, Pietro Bembo, Bernardo Tasso, Luis Tansillo, Antonio Sebastián Minturno, Plácido de Sangro y otros. Es una grey culta, formada por "personas afectas ideológicamente a las nuevas corrientes religiosas en torno a cuya discusión se unían y separaban los ingenios con idéntica vehemencia a la que hoy se pone en discusiones de

---

[1] Segundo Serrano Poncela, "Garcilaso el inseguro", *Formas de vida hispánica*, Madrid, Gredos, 1963, pp. 26-27.

filosofía social"[1]. Sus temas tratados se extienden del plano religioso a otros de las humanidades. Y el mejor ejemplo ha sido bien mostrado por Juan de Valdés en su *Diálogo de la lengua*, aunque pudiera ser un registro imaginario de cenáculo intelectual. En éste, se encuentran por lo menos dos conceptos coherentes con los principios de Garcilaso. Por un lado, en su tratado de los vocablos, Valdés expresa su asentimeinto a nuestro poeta con respecto a su naturalidad ortográfica: "Huélgome que os satisfaga, pero más quisiera satisfazer a Garcilasso de la Vega con otros dos cavalleros de la corte del emperador que yo conozco"[2]. Por otro lado, confirma la espontaneidad estilística, como lo manifiesta el poeta en su epístola a la señora Almogávar sobre la traducción de Boscán. Expongo aquí, de forma paralela, los fragmentos para que contrastan sus ideas:

> [...] el estilo que tengo me es natural, y sin afetación ninguna escrivo como hablo; solamente tengo cuidado de usar de vocablos que signifiquen bien lo que quiero dezir, y dígolo quanto más llanamente me es posible, porque a mi parecer en ninguna lengua stá bien el afetación[3].
>
> ....
>
> Guardó una cosa en la lengua castellana que muy pocos la han alcanzado: que fue huir del afectación sin dar consigo en ninguna sequedad, y con gran limpieza de estilo usó de términos muy cortesanos y muy admitidos de los buenos oídos, y no nuevos ni al parecer desusados de la gente[4].

Por añadidura, aparte de estas concordancias sobre la lengua entre Valdés y Garcilaso, la obra del "Príncipe de los poetas castellanos" recibe asimismo el aprecio de otro gran secuaz del reformista flamenco, Pietro Bembo. Entre

---

[1] Ibid., pp. 27-28. Con respecto a la vida de Garcilaso en la corte napolitana del virrey don Pedro, véase también María del Carmen Vaquero Serrano, *Garcilaso...*, cit., pp. 251-254.

[2] Juan de Valdés, *Diálogo de la lengua*, edición, introducción y notas de Juan M. Lope Blanch, 3ª ed., Madird, Castalia, 1985, p. 94.

[3] Ibid., p. 154.

[4] Garciaso de la Vega, Carta I "A la muy magnífica señora doña Jerónima Palova de Almogávar", en *Obra poética...*, cit., p. 273. Apareció por primera vez como prólogo de la traducción, elaborada por Boscán, de *El cortesano* de Castiglione (Barcelona, Pedro Monpezat, 1534).

los voluminosos legajos del 1552, archivados en Venecia, se encuentra una epístola del cardenal-literato a don Honorato Fascitel. En ésta, no sólo refleja la frecuente correspondencia entre los erasmistas (con Jerónimo Seripando, por ejemplo), sino que junto con su admiración personal, señala la virtuosidad poética de Garcilaso.

> La terza cosa è delle ode del S. Garcilasso, che egli mi manda. Nella quale molto agevolmente et molto volontieri posso sodisfarlo, dicendogli chel quel gentile huomo è ancho un bello et gentil poeta; et queste cose sue tutte mi sonno sommamente piaciute: et meritano singolar commendatione et laude[1].

> [La tercera cosa es de las odas del Sr. Garcilaso, que me manda él. En la cual puedo satisfacerle muy agradablemente y de mucha buena voluntad, diciéndole que aquel gentilhombre es también un buen y fino poeta; y me han gustado sumamente todas estas cosas suyas: y merecen encomio y elogio exclusivo.]

Eso sí, metido en un grupo donde se valoran más los aspectos espirituales que los aparentes, nuestro poeta no es tan "*dolce*" como muestran sus versos, sino que cuenta con un "erasmismo soterrano", según señala Abellán[2]. Es decir, detrás de su lenguaje agradable y encantador, su ritmo ligero y melódico, así como su contenido apologético de la belleza y virtud femenina, se encierra un reproche implícito al entorno cortesano donde se desarrolla este tema de amor. A juzgar por Burke, la doctrina erasmista está en contra de la caballería y la guerra, y según aseguran la mayoría de los intelectuales renacentista, su concepto comprende una crítica sobre el idealismo aristocrático de la Edad Media. Considera que el valor más importante del hombre no radica en la forma exterior, sino en la humanidad (*humanitas*), la cual ilustra la dignidad del ser humano, y le

---

[1]   Antonio Gallego Morell, "10 de agosto de 1535: Carta del cardenal Pietro Bembo a don Honorato Fascitel", *Garcilaso: documentos completos*, Barcelona, Planeta, 1976, p. 167. La siguiente traducción es mía.

[2]   José Luis Abellán, *El erasmismo español*, introducción de José Luis Gómez-Martínez, Madrid, Espasa- Calpe, 1982, p. 110.

concede la capacidad para discernir lo bueno de lo malo[1]. Entiéndase por ello, si Garcilaso es un erasmista que recibe tanta afirmación de sus amigos adscritos también a la misma doctrina, ¿en su elaboración artística, no refleja ninguna idea que propone el gran humanista holandés? A mi juicio, parece poco posible.

A fin de poner de relieve su alusión a las lacras amatorias en la corte, en el presente apartado, comparo la poesía de Garcilaso con la de otro escritor de su época: Cristóbal de Castillejo. Aunque la mayoría de los comentaristas opina que Castillejo es antagonista de Garcilaso, puesto que ése critica a los autores italianistas en uno de sus poemas[2], supongo que ellos se diferencian sólo en el arte de creación, y la desaprobaión castillejana se limita a la forma externa de la poesía garcilasiana, en lugar de dirigirse al texto y la temática que cultiva. De hecho, cuentan con unas vidas paralelas. Ambos viven en la primera mitad del Quinientos, y sirven en las cortes a partir de su juventud (el uno, al emperador Carlos V, y después al virrey de Nápoles, don Pedro de Toledo; el otro al rey Católico, Fernando II, y después al infante don Fernando, el futuro Archiduque de Austria). Ellos gozan de varios amoríos con damas nobles como los amantes cortesanos, viajan y permanecen largo tiempo en los núcleos y cunas del humanismo renacentista (el uno en ciudades italianas; el otro en Viena, con la atmósfera bastante erasmiana)[3]. A causa de tanto estímulo del contorno palaciego, Castillejo por boca de Prudencio en su *Diálogo llamado Aula*, declara lo que ha presenciado y experimentado:

---

[1] Cfr. Peter Burke, *op. cit.*, pp. 33-34.

[2] Véase su "Represión contra los poetas españoles que escriben en verso italiano", sobre todo el soneto inserto (vv. 61-74), *Obras de conversación y passatiempo*, en *Obra completa*, de Cristóbal de Castillejo, edición e introducción de Rogelio Reyes Cano, Madrid, Fundación José Antonio de Castro, 1998, pp. 263-269. Y más adelante, todos los versos castillejanos que cito en este trabajo de investigación son tomados de la presente edición.

[3] En torno a la vida amorosa del poeta natural de la Ciudad Rodrigo (Salamanca), y sus contactos con el erasmismo, véase la dilucidación detallada de Rogelio Reyes Cano, "Biografía y personalidad de Castillejo", en *Medievalismo y renacentismo en la obra poética de Cristóbal de Castillejo*, Madrid, Fundación Juan March, 1980, pp. 6-13.

> [...] la corte es un gran mar
> profundo, tempestüoso,
> por do avéis de navegar,
> que suele ser peligroso
> de tormentas,
> contrastes y sobrevientas...
>
> (vv. 759-764)

Es más, por medio de una figura graciosa, Fileno[1], opina sobre la vida sentimental de las cortes en su *Diálogo de las mujeres*:

> Los palaçios sin las damas
> serían cuerpos pintados,
> justamente comparados
> a los árbores sin ramas.
>
> (vv. 871-874)

Estos versos metafóricos y humorísticos no sólo tratan de hacer reír a sus lectores tanto cultos como populares, sino que hacen alusión también a la situación real donde se ha encontrado el autor como testigo y víctima desde hace mucho tiempo. Pues, ¿eso es una simple muestra de su vivencia personal, o se puede generalizar como un reflejo del ambiente cortesano de la época? Atendiendo a la teoría neohistoricista que hemos indicado más atrás, no hay creación inmotivada, ni arte sin energía social, y además la voz individual de los muertos, una vez que forme parte de la circulación cultural, ya no es "propiedad privada", sino unos productos del "intercambio colectivo"[2].

Por otro lado, aparentemente los versos de Garcilaso no muestran ninguna crítica de la corte, sobre todo con respecto al tema de amor, y

---

[1] Un nombre de etimología griega (φιλός) sugiere, según el contexto, a alguien que ama a las mujeres. Es en contraste con su interlocutor Alethio, cuyo nombre se deriva de la misma lengua ('αλήθεια), de sentido denotativo de la verdad o la realidad. Véase asimismo el estudio introductorio y nota textual del profesor Rogelio Reyes Cano a la presente pieza del autor mirobrigense, en *Diálogo de mujeres*, ed. Rogelio Reyes Cano, Madrid, Castalia, 1986, pp. 21 y 65.

[2] Cfr. Stephen Greenblatt, "La circulación...", cit., pp. 47-58.

siempre parecen profeministas, en contraste evidente con la tonalidad antifeminista y la actitud misógina de las obras castillejanas. Sin embargo, según explica González Muela, mientras que los escritores profeministas abordan a la figura femenina desde un punto de vista espiritualista, los misóginos la critican con un pesimismo materialista. Los dos concepciones pretenden encontrar como finalidad propia una forma ideal y utópica del amor[1]. De manera que tanto la creación de Garcilaso como la de Castillejo, ambas proyectan el panorama del amor cortesano en la España de la edad áurea. Y bástenos decir que son dos caras de la misma moneda.

A resultas de las consideraciones, paso a un análisis que contrasta principalmente los versos cancioneriles de Garcilaso con la obra sarcástica y bufonesca sobre la figura femenina de Castillejo, el *Diálogo de las mujeres*, en especial el fragmento tratando de las doncellas. Además, indicaré otras creaciones precedentes y coetáneas, por ejemplo, el *Pamphilus*, el *Decamerón* de Boccaccio, el *Libro de buen amor* de Hita, el *Corbacho* del Arcipreste de Talavera, la *Celestina* de Rojas, *El Crotalón* de Villalón, la *Utopía* de Moro y el *Stultitiae Laus* de Erasmo, como referencias demostrativas que ofrecen una comunicación de mensajes más integral entre las dos ideologías. Espero que todo esto presente un reflejo por extenso y profundo en torno a los vicios cortesanos dentro del módulo establecido del amor.

1) *Adulación y galanteo.* En realidad, hace varios siglos que los pajes, caballeros, hidalgos, diplomáticos y otros galanes palaciegos aprovechaban la corte como entorno más pertinente para sus amoríos públicos. Unos vicios, sin embargo, se han enraizado tanto que es poco posible extirparlos, a juzgar por Deleito y Piñuela:

> Un uso palatino especial era el del galanteo, no porque él fuese
> novedad en aquella corte, tan caballeresca y devota de Cupido, sino
> porque el galanteo tributado a las damas de Palacio era más ostensible,

---

[1] Cfr. la introducción biográfica y crítica de J. González Muela al *Arcipreste de Talavera* o *Corbacho*, de Alfonso Martínez de Toledo, edición, introducción y notas suyas, Madrid, Castalia, 1970, pp. 15-17.

pretendía ser más exquisito, y estaba sujeto a normas particulares, como un capítulo más de la etiqueta cortesana[1].

El galanteo, a saber el *flirt*, configura la parte esencial de lo presuntuoso y lo hipócrita en la etiqueta cortesana. Y dada la difusión del *Pamphilus* y el *Libro de buen amor* en la época bajomedieval, el acto litúrgico de pedir el amor a la dama se expresa con más y más frecuencia en las letras hispánicas[2]. El abuso del ritualismo encomiástico, pues, hace de la "cortesía" una degradación verbalista, saturada de expresiones estereotipadas. Según revela Castillejo, es una práctica de trivialidades:

> Del mismo modo se mide
> también lo de las mugeres,
> que lo que toca a plazeres
> por vuestro nombre se pide
> y platica;
> y pidiendo el que suplica
> cortesía a la señora,
> se entiende luego a la hora
> lo que aquello significa.
>
> (Copla a la Cortesía, vv. 136-144)
> ....
>
> Sois locura en que pecamos,
> amasada con falsía,
> por donde al que tras vos guía
> falso cortés le llamamos,
> qual él es.
> Dos hazes con un envés

---

[1] José Deleito y Piñuela, *El rey se divierte*, Madrid, Alianza, 2006, pp. 162-163.

[2] En el escrito anterior, Venus pone de reieve la elocuencia en sus sermones amatorios al galán: "Excitat et nutrit facundia dulcis amorem / et mulcens animos mitigat ipsa feros" (Cfr. Anónimo, *Pánfilo o el arte de amar*, texto bilingüe, introducción, traducción, aparato crítico y notas de L. Rubio y T. González Rolán, Barcelona, Bosch, 1977, pp. 98 y 99, vv. 105-108 y 125-128). Y en el posterior, la diosa también subraya la trascendencia de cortejos tanto dichos como hechos para lograr el amor, y su secuaz don Melón los aplica en su primera fase de pretensión a doña Endrina (Cfr. Juan Ruiz, Arcipreste de Hita, *Libro de buen amor*, edición de Alberto Blecua, 8ª ed., Madrid, Cátedra, 2008, pp. 119 y 149-150, coplas 450 y 581-582).

> mostráis, y assí no sois nada;
> y si sois, seréis llamada
> cortesía descortés.
>
> (Ibid., vv. 163-171)

Además, entre líneas del *flirt*, siempre encubre un ímpetu primitivo, fomentando al amante rendirse por completo a su amor, que es el apetito instintivo, el sexo. Unos versos de Garcilaso y Castillejo dejan buenos testigos de los avatares pasionales. En el Soneto V del poeta toledano, por ejemplo, trata de una contemplación o aprecio puro de la apariencia femenina y, asimismo, de una voluntad que está siempre disponible a servirla. Su alabanza parece constituir un buen modelo cortesano:

> Escrito 'stá en mi alma vuestro gesto
> y cuanto yo escribir de vos deseo:
> vos sola lo escribistes; yo lo leo,
> tan solo, que aun de vos me guardo en esto.
>
> En esto 'stoy y estaré siempre puesto,
> que aunque no cabe en mí cuanto en vos veo,
> de tanto bien lo que no entiendo creo,
> tomando ya la fe por presupuesto.
>
> (vv, 1-8)

Eso es idéntico a los versos de Petrarca, que después de halagar la apariencia y virtudes femeninas a primera vista de su amante en el desfile del Amor (vid. TC III, vv. 121-138), se sirve de una interrogación a sí mismo, para que el galanteo dedicado a Laura llegue a un punto culminante inefable:

> Chi poria 'l mansueto alto costume
> aguagliar mai, parlando, e la vertute,
> ov'è 'l mio stil quasi al mar picciol fiume?
>
> (TC III, vv. 139-141)

[¿Quién podrá con palabras su manera / dulce y alta igualar, y sus virtudes, / si mi estilo es al mar lo que un arroyo?]

Según la regla inextirpable del juego cortés que expone Capellanus, "El verdadero amante está continuamente obsesionado por la imagen de su amada"[1]. Y atendiendo al pensamiento neoplatónico, reflejado en *Il cortegiano*, el amor debe abstraerse "con la fuerza de imaginación", y desprenderse del plano del "entendimiento particular" en dirección al otro superior de "entendimiento universal"[2]. Sin embargo, como ocurre a la mayoría de los galanes del ciclo convencional, la obsesión, por lo general, constituye una proliferación creciente de embelesamiento ensimismado, y en seguida se vuelve en una emoción más enredada y afligida. En el *Diálogo* de Castillejo, por ejemplo, Alethio se vale de su expediente personal como escarmiento al interlocutor, manifestando que después de su alabanza pormenorizada a la señora de la que se ha prendado, siente un furor de querencia incontenible:

> Yo, espantado
> de gesto tan estremado
> y tan digno de querer,
> no me pude contener
> de quedar enamorado
> y vençido,
> y sintiéndome herido
> fui forçado a procurar
> los medios que suele usar
> un enfermo de Cupido.
>
> (vv. 1080-1089)

Y del mismo modo, Garcilaso intensifica el ansia de satisfacer su fuego interior, según exterioriza en su Soneto XXII:

> Con ansia estrema de mirar qué tiene
> vuestro pecho escondido allá en su centro

---

[1] Andrés el Capellán, *op. cit.*, p. 365.
[2] Cfr. Baltasar de Castiglione, *op. cit.*, p. 445-449.

y ver si a lo de fuera lo de dentro
en aparencia y ser igual conviene,

en él puse la vista, mas detiene
de vuestra hermosura el duro encuentro
mis ojos, y no pasan tan adentro
que miren lo qu'el alma en sí contiene.

Y así se quedan tristes en la puerta
hecha, por mi dolor, con esa mano,
que aun a su mismo pecho no perdona:

donde vi claro mi esperança muerta
y el golpe, que en vos hizo amor en vano,
non esservi passato oltra la gona.

(vv. 1-14)

Aunque no se indica explícitamente el deseo de unión corporal, su alusión al erotismo ya está bien hecha con unos términos polisémicos y expresiones eufemísticas: el "ansia estrema", "vuestro pecho escondido", "el duro encuentro" y "la puerta hecha". Y por lo demás, si comparamos los versos con el primer acto de la *Celestina*, nos damos cuenta de que estas pasiones amorosas coinciden absolutamente con la excitación del amante Calisto, que se parodia con una mímesis bien fingida del formalismo cortesano a fines del siglo XV.

El protagonista, después del primer encuentro con Melibea[1], a la que siguiendo las reglas del "juego" amatorio, reconoce por su amor único y exclusivo, y comienza a galantear su belleza bajo el pretexto de la grandeza del Creador. Es más, por medio de la tradición trovadoresca y religión de amor, muestra su buena gana de rendir vasallaje a la damisela: "Melibeo soy,

---

[1] En el texto original de la obra, se indica que el primer encuentro tiene lugar en una huerta. Sin embargo, según esclarece Martín de Riquer, ha sido una equivocación de Fernando de Rojas, el supuesto autor de completar la obra. En realidad, ante el acto inicial que ha descubierto, Rojas es como un editor y coautor de un texto. Pues, no entiende bien de algún pasaje del acto, de ahí que muestre una huerta como el sitio del encuentro, en vez de una iglesia. Véase Martín de Riquer, "Fernando de Rojas y el primer acto de «La Celestina»", *Revista de Filología Española*, tomo XLI (1957), pp. 374-395.

y a Melibea adoro, y en Melibea creo, y a Melibea amo"[1]. Su exaltación va de la fisonomía evidente y la figura externa hacia las partes más sensuales, hasta detenerse en pormenorizarlas:

> Los ojos, verdes, rasgados; las pestañas, luengas; las cejas, delgadas y alçadas; la nariz, mediana; la boca, pequeña; los dientes, menudos y blancos; los labrios, colorados y grosezuelos; el torno del rostro, poco más luengo que redondo; el pecho, alto; la redondeza y forma de las pequeñas tetas, ¿quién te la podría figurar? Que se despereza el hombre quando las mira[2].

Al percibir su mente lasciva, el criado confidente Sempronio opina en privado, de modo insinuante que, si los cabellos de ella fuesen tan atractivos como los de Medusa, más valdría que su amo se convirtiese en un asno que en una estatua petrificada[3]. Es más, cuando intenta introducirle a la diestra zurcidora de voluntad, tira una indirecta: "A las duras peñas promoverá y provocará a la luxuria si quiere"[4]. Y mientras tanto, el amo, una vez enterado de eso, no puede más que esperar el encuentro con la alcahueta. Están palpables la emoción inquieta, la fuerza grosera y el empeño indecoroso que se camuflan entre la fraseología superficial, frívola y empalagosa. Es como indica Calderón de la Barca en *La vida es sueño* con introspección sobre este ritual amatorio, por boca de la infanta Estrella ante los piropos del Duque de Moscovia:

> Y advertid que es baja acción,
> que sólo a una fiera toca,

---

[1] Fernando de Rojas, *Celestina*, edición e introducción de Pedro M. Piñero, guía de lectura de Fernando Rayo y Gala Blasco, 46ª ed., Madrid, Espasa-Calpe, 2008, p. 97.

[2] Ibid., pp. 104-105.

[3] Según la mitología griega, la gente que tenga contacto visual con el monstruo telúrico se convertirá en piedra. Y conforme a los bestiarios medievales, el asno es reconocido por un animal de gran libido. Véase asimismo la explicación de Bienvenido Morros, en *Celestina*, de Fernando de Rojas, edición y estudio de Bienvenido Morros, 1ª reimpresión, Barcelona, Vicens Vives, 1998, p. 40.

[4] *Celestina*, edición de Pedro M. Piñero, cit., p. 106. Y en torno al argumento mencionado en el presente párrafo, véanse también las pp. 104-106.

madre de engaño y traición,
el halagar con la boca
y matar con la intención.

(vv. 505-509)[5]

Más, en torno al gozo sensual como objetivo final, se encuentra su ejemplo no sólo en dicha narrativa dialogada, sino en los sermones ovidianos (*Arte de amar*, Lib. II, vv. 702-732), en el cuento entre Pánfilo y Galatea (vv. 675-696), y también en el amor entre don Melón y doña Endrina (coplas 876-877). Y para colmo, en sus versos de rima dulce y melódico, Garcilaso expone sus placeres escandalosos, según confiesa él mismo, con vergüenza y arrepentimiento, a su mejor amigo:

> Boscán, vengado estáis, con mengua mía,
> de mi rigor pasado y mi aspereza,
> con que reprehenderos la terneza
> de vuestro blando corazón solía;
>
> agora me castiga cada día
> de tal selvatiquez y tal torpeza,
> mas es a tiempo que de mi baxeza
> correrme y castigarme bien podría.
>
> Sabed que'n mi perfeta edad y armado,
> con mis ojos abiertos, m'he rendido
> al niño que sabéys, ciego y desnudo.
>
> De tan hermoso fuego consumido
> nunca fue coraçón; si preguntado
> soy lo demás, en lo demás soy mudo.
>
> (Soneto XXVIII, vv. 1-14)

Atendiendo a la deliberación sobre sus devaneos en los tiempos lozanos y livianos, la belleza física que el amante suele galantear, sobre todo los cabellos, se convierte en un motivo con el que se entrelaza el pecado:

---

[5] Pedro Calderón de la Barca, *La vida es sueño*, edición, introducción y notas de Ciriaco Morón Arroyo, 30ª ed., Madrid, Cátedra, 2006, p. 105.

De los cabellos de oro fue texida
la red que fabricó mi sentimiento,
do mi razón, rebuelta y enrredada,
con gran vergüença suya y corrimiento,
sujetta al apetito y sometida,
en público adulterio fue tomada,
del cielo y de la tierra contemplada.

(Canción IV, vv. 101-107)

El elogio de la amante constituye gran parte de la desaprobación de los misóginos. No creen que sea necesaria la exaltación de las figuras femeninas como los cortesanos de la poesía trovadoresca. Por lo contrario, toman una actitud práctica de materializar a las mujeres, y subrayan su función primitiva de la generación. Según opina Castillejo por boca de Alethio:

Cada cosa
es más y menos preçiosa
según en su calidad
y nuestra neçessidad
nos puede ser provechosa;
y en su ser
también tiene la muger
lo que todos saben de ella,
mas no para encareçella
como vos queréyes hazer...

(vv. 370-379)

....

Es razón
que sirvan de lo que son,
como cavallos de caça
o como yeguas de raça
para la generaçión.

(vv. 390-394)

Un pensamiento idéntico se encuentra en Tomás Moro. El filósofo proyecta una visión pastoril de vida frugal y austera en su trazado de tierras estilizadas, y proclama que las mujeres deben arraigar sus virtudes en criar y cuidar de los niños en lugar de quedarse envueltas en noviazgos o amoríos. Por lo demás, deben enfocarse en la salud física y la integridad corporal para facilitar la procreación, en lugar de una apariencia exornada o una hermosura disfrazada por motivo de lucirse y atraer a los hombres[1]. Este artificio pertenece exactamente al contorno del amor cortés. En el *Diálogo de mujeres*, cuando Fileno empieza a imitar a los galanes convencionales, describiendo de forma metafórica cada parte sensorial de la dama, igual que Garcilaso en su soneto XXIII "En tanto que de rosa y d'azucena...", Alethio le aconseja que no se envuelva en ese terreno degradable, para no sentir ni aflicción, ni remordimientos:

> Su partido
> es de vos favoreçido
> no poco pertinazmente;
> mas, passado este açidente,
> quedaréys arrepentido.

(vv. 835-839)

Eso parece evocarnos la escena de confesión garcilasiana a su mejor amigo-poeta en el soneto XXVIII, según hemos mencionado más atrás. En breve, el cortejo encomiástico pasa de un ensalzamiento femenino a un *flirt* de pretexto erótico, de unos panegíricos sinceros a unos clichés retóricos y tópicos eufemistas[2]. Si los profeministas muestran los vicios con unos versos quejumbrosos del galán bañado en sus dolores interiores, los antifeministas subrayan el cometido utilitario de las mujeres en la sociedad y la familia para que la tradición halagüeña no extienda más sus vicios en el tema de amor.

---

[1] Cfr. Tomás Moro, *Utopía*, introducción, traducción y notas de Pedro Rodríguez Sandrián, 7ª reimpresión, Madrid, Alianza, 2008, pp. 135-136, 168-170 y 173.

[2] Respecto a las características de las piezas cancioneriles, véase Keith Whinnom, "Constricción técnica y eufemismo en el *Cancionero general*", *Historia y crítica de la Literatura española I: Edad Media*, ed. por Alan Deyermond, Barcelona, Cátedra, 1980, pp. 346-349.

2) *Falsedad e hipocresía.* Aparte de la pretensión sensual en el elogio empalagoso de los galanes, la presuntuosidad femenina es otra cuestión que se enraiza también en el entorno cortesano. Después de salir a luz la obra prestigiosa de Capellanus, se eleva el puesto social del sexo débil, y la mujer empieza a asumir el mando como "directora" en todo el ritual amoroso[1]. Este cambio revolucionario es contrapuesto a la tradición bíblica, en la que Eva es sólo entregada y designada para acompañar al hombre, Adán. Por otro lado, en el marco del juego, aparece la idea de la fidelidad. Esta es el supremo valor normativo que cubre amplia esfera de influencia sobre la conducta de los galanes, así como de las damas. De hecho, es un precepto bastante significativo que convierte el tema de amor en un módulo más tratado a lo largo del desarrollo literario, y a la vez en un nuevo estilo de vida en una época donde predominaban la violencia y la brutalidad. Aunque no se indica concretamente en qué consiste esta noción honorable, se refiere a la virtud femenina, según estipula el susodicho manual cortesano: "Sólo la integridad moral hace a alguien digno del amor"[2]. Es decir, la modestia de las mujeres. De forma que junto con la señalada sublimación de la fisonomía femenina, surge en la poesía un prototipo de la *belle dame sans merci*, que siempre se comporta con frialdad y aspereza como respuesta a la petición de amor. En el *Diálogo* castillejano, Fileno lo defiende así:

> Esso no es esquividad
> ni despreçio desdeñoso
> sino zelo virtuoso
> de guardar su honestidad
> y conçierto;
> y vos les hazéys gran tuerto
> en juzgar tan alrrevés.
>
> (vv. 1031-1037)

Un buen testimonio se refleja en el primer encuentro de Calisto y Melibea:

---

[1]   Cfr. Jean Markale, *El amor cortés o la pareja infernal*, traducción de Manuel Serrat Crespo, Palma de Mallorca, El Barquero, 2006, pp. 48-49.

[2]   Andrés el Capellán, *op. cit.*, p. 363.

la doncella lo rechaza rotundamente ("¡Vete! ¡Vete de aý, torpe!") y luego, el galán se aflige por su crueldad ("Mayor es mi fuego, y menor la piedad de quien yo ahora digo")[1]. Y en sus versos cancioneriles, Garcilaso en nombre de un amante cortés rechazado, se lamenta de la esquiveza de la dama como si ella fuese una soberana imperiosa:

> Vos sola sois aquélla
> con quien mi voluntad
> recibe tal engaño
> que, viéndoos holgar siempre con mi daño,
> me quexo a vos como si en la verdad
> vuestra condición fuerte
> tuviese alguna cuenta con mi muerte.
>
> (Canción II, vv. 20-26)
> ....
>
> Pues en una hora junto me llevastes
> todo el bien que por términos me distes,
> lleváme junto el mal que me dejastes;
>
> si no, sospecharé que me pusistes
> en tantos bienes porque deseastes
> verme morir entre memorias tristes.
>
> (Soneto X, vv. 9-14)

Detrás de los cantos quejumbrosos de los galanes, se atisban, sin embargo, ciertos avatares de exteriorizar la prudencia femenina: desde una moral decente a un artificio abusivo, que consiste en una actitud altanera y despreciativa, así como unas reacciones irracionales y caprichosas. De acuerdo con la experiencia de Alethio, ante sus cortejos muestra así su amada:

> Mas, tentadas
> mis humildes emaxadas
> con cartas y con promessas,
> todas salieron aviessas,

---

[1] Fernando de Rojas, *op. cit.*, pp. 92 y 96. Véanse asimismo pp. 91-107.

por ella menospreçiadas
de muy brava.

(vv. 1090-1095)

Las mujeres aprovechan el privilegio del carácter *sans merci* como mañas de manejar a los pretendientes, engañándolos y aguijoneándoles un mayor deseo para alcanzar su amor. A juicio del Gallo de *El Crotalón*, que se convierte en un cortesano en su quinto canto, las mujeres siempre se cubren con el embrujamiento y hechicería:

> Si les contenta un hombre en su mano está gozar *dél* a su voluntad; y para tenerlos más aparejados a este effecto los convierten en diversos animales entorpeçiéndoles *los* sentidos y su buena naturaleza. Han podido tanto su arte que ellas mandan y los hombres obedeçen, [...][1].

Buscan sólo una fama mentirosa y frívola. Eso es exactamente idéntico a las anecdotas reales que Deleito y Piñuela refleja en la historia. Las damas palatinas tratan del tema como un pasatiempo, y también lo consideran como un motivo de vanagloria: "La que no tuviese un galán frenético, dispuesto a cualquier locura por satisfacer los menores caprichos de la dama «servida», tomábalo a desdoro"[2]. En el mismo *Diálogo* del que hablamos, Alethio comenta que las mujeres aspiran a la pura vanidad de ser alabadas en nombre de la misma, más que a la identidad de modestia verdadera:

> bien que lo que se murmura
> de ellas, se desculpa en parte,
> porque, aunque pecan por arte,
> es viçio de su natura
> halagüeña,
> que en nasçiendo las enseña
> desgayres y damerías
> y otras mill ypocrisías

---

[1] Cristóbal de Villalón, *El Crotalón de Cristóforo Gnofoso*, ed. Asunción Rallo, Madrid, Cátedra, 1990, p. 165. Las letras cursivas son del editor.

[2] José Deleito y Piñuela, *op. cit.*, p. 164.

con que el hombre se desdeña
o se enviçia
quando al amor se acodicia;
porque en sabiendo hablar,
comiençan a tranpear
y a descubrir la maliçia
que salió
del vientre que las formó
apegada como tiña.

(vv. 919-935)

Es más, el Arcipreste de Talavera expone una denuncia contra la conducta de la mujer. Cuenta su opinión con tanta clarividencia que a mi parecer, en vez de reducirla en una mera paráfrasis, es mejor transcribirla fielmente en todos sus términos humorísticos:

> Demás te digo que non es oy muger que se fartase de ser mirada e deseada e sospirada, loada e del pueblo fablada. Éste es su deseo, ésta es su femencia, e éste es todo su dios, plazer, goso, e alegría.
>
> Por ende, es su vida salir e andar arreadas cada qual con la mayor vanagloria e ponpa que puede. E quando las gentes las miran e por ellas sospiran, o dellas fablan, o por la calle las motejan, fazen de desayre como que se enojan e demuestran las tales mala cara, mostrando poca paciencia; pero Dios sabe la verdad, que son como coces de mula: que ellas querrían que nunca fiziesen synón desearlas e fablar dellas e motejarlas. E aunque dizen: "¿Verés qué nescio? ¿Verés qué loco? ¿Vistes qué onbre synple?", esto dizen su juesto segurado, pero so'l mantillo ríense como locas. E quando la muger paresciete está donde non es mirada, muere e rebyenta. Quando ay logar donde la miren, non se vee nin conosce, más continencias e jestos fase que nuevo justador. Todo esto proviene de vanagloria e loçanía[1].

Y en la *Celestina*, heredada del mismo ideario, cuando Calisto habla de cuán adorable es su amor, Sempronio enfoca su crítica tanto a Melibea como a las mujeres en general en su disimulación, su engaño, su desafecto,

---

[1] Alfonso Martínez de Toledo, *Arcipreste de Talavera...*, cit. p. 159.

su ingratitud, su perjurio, su soberbia, su desdén, su proclividad a la subyugación, su lujuria, y otras particularidades de sentido negativo, al contrario de su apariencia ennoblecida y honrada: "qué sesito está debaxo de aquellas grandes y delgadas tocas, qué pensamiento so aquellas gorgueras, so aquel fausto, so aquellas largas y autorizantes ropas, qué imperfición, qué alvañares debaxo de templos pintados"[1]. De ahí, un interior hipócrita, o más bien una blasfemia contra la liturgia amatoria. Al volver nuestra vista hacia el *Diálogo de las mujeres*, el vicio de la falsedad está enseñado de nuevo por boca de Alethio así:

> [...] vi claros
> sus pensamientos avaros
> y dichos engañadores,
> vendiéndome los favores
> muy escassos y muy caros,
> dilatando,
> no me asiendo ni soltando
> ni negando voluntad,
> mas falta de libertad
> por su desculpa tomando,
> no lo siendo,
> y algunas vezes fingiendo
> lágrimas nunca vertidas
> que me fuessen referidas,
> por más prenderme mintiendo,
> por terçero,
> trayéndome al retortero,
> de suerte que conoçía
> que por las botas lo avía
> más que por el escudero.

(vv. 1170-1189)

Una vez desmoronada la figura perfecta en el ámbito idealizado, la cuestión sobre lo que se plantea en la castidad femenina conduce

---

[1] Fernando de Rojas, *op. cit.*, p. 102. Y en torno al contexto y al contenido de sus críticas antifemeninas, véanse también las páginas 98-101.

ineludiblemente hacia el libertinaje. Conforme a Eduard Fuchs, el apetito sexual de las hembras no es de ninguna manera menos fuerte que el de los varones, con base en unos límites innatos de su mecanismo físico: la fugacidad de su florecimiento y madurez, así como la llegada a toda prisa de su marchitez y vejez. En el Renacimiento, las mujeres trataban de conservar la juventud y la belleza en la medida de lo posible para agarrar el tiempo (como refleja el tópico del *carpe diem*). Además, para lucirse y seducir a los amantes, solían ponerse el corsé, una prenda interior que sujetaba y levantaba sus senos, y por medio del cual normalmente un movimiento delicado de ellas mismas podría hacer el pecho "salir enteramente del vestido"[1]. Castiglione en su famoso manual de la época, a través de una conversación entre el Conde y la dama Emilia Pía, refleja asimismo la cursilería de las cortesanas, y les advierte que, en realidad, los hombres se enteran de su afectación:

> Estrañado deseo tienen generalmente todas las mujeres de ser, o a lo menos de parecer hermosas, por eso lo que naturalmente en esto no alcanzaron, con artificio trabajan de alcanzallo. De aquí nace el afeitarse, el ponerse mil aceites en el rostro, el enrubiarse los cabellos, el hacerse las cejas y pelarse la frente y el padecer muchos otros tormentos por aderezarse; los cuales, vosotras señoras, creéis que a nosotros son muy secretos, y hágoos saber que los sabemos todos[2].

Por eso, en el *Diálogo*, el protagonista culpa de modo burlesco a las doncellas de faltar a la castidad, "por motivos naturales / y reglas de astrología" (vv. 896-897), y subraya la cualidad auténtica de su interior: el deseo. Todo esto nos trae a la mente la conocida pieza garcilasiana del *carpe diem*. En apariencia, exhorta a las doncellas a disfrutar de su juventud, pero en definitiva, señala lo que suelen comportarse en su goce ("el dulce fruto") con el aprovechamiento de su belleza externa:

---

[1] Cfr. Eduard Fuchs, *Historia ilustrada de la moral sexual. Renacimiento*, tomo I, ed. Tomas Huonker, versión española de Juan Guillermo Gómez, Madrid, Alianza, 1996, pp. 121-122 y 143-146.

[2]   Baltasar de Castiglione, *op. cit.*, pp. 147-148.

coged de vuestra alegre primavera
el dulce fruto, antes qu'l tiempo airado
cubra de nieve la hermosa cumbre.

(Soneto XXIII, vv. 9-11)

Es más, según aclara Boccaccio en su proemio del *Decamerón*, dedica este libro más a las mujeres que a los hombres con el fin de entretenerlas, ya que "Ellas esconden en sus delicados pechos, pudorosas y avergonzadas, las llamas de amor, cuya fuerza es mayor que la de las visibles, como saben cuantos las han probado y prueban"[1]. Más adelante, refleja sin rodeos la lascivia primitiva de las mujeres en el período de la pestilencia:

De aquel abandono de los vecinos, parientes y amigos, de aquella falta de criados surgió una costumbre desconocida hasta entonces: ninguna mujer, por joven, bella o noble que fuese, tenía reparos, al caer enferma, en tomar a su servicio a un hombre, fuera joven o viejo, ni en descubrirle sin ninguna vergüenza todas las partes de su cuerpo como hubiera hecho ante otra mujer, si la enfermedad así lo exigía. De lo que resultó que las que se curaron tuvieron menos pudor en los tiempos siguientes[2].

Así, del conjunto de las conductas femeninas, podemos inducir las pasiones amorosas en su profundidad, en contradicción con su apariencia artificial de modestia y castidad. Todo lo visible y lo superficial que se exterioriza en el formalismo de la cortesía, resulta ser ni más ni menos que una ilusión o un engaño, según se desencanta Alethio:

al cabo de muchos días
alcançé por ciertas vías
a saber de çierta çiençia
no ser todo
oro fino sino lodo

---

[1]   Giovanni Boccaccio, *El Decamerón*, I, prólogo, traducción y notas de Esther Benítez, Madrid, Alianza, 2007, p. 15.

[2]   Ibid., pp. 24-25.

aquello que reluzía.

(vv. 1107-1112)

3) *Locura y enfermedad*. Además de revelar las lacras evidentes en la conducta de los amantes, se debe cavilar igualmente sobre su mentalidad latente, porque ésta es el origen primordial de todos sus procederes exteriores. Según estipula la regla XXIX del *Libro* canónigo, "No suele amar el que sufre una pasión excesiva"[1]. El amor formalista se configura, en principio, con base en la razón. Y una vez que se debilite o se deje por negligencia el juicio, se descompondrá su entramado del embellecimiento. Por lo cual, los amantes cortesanos, a pesar de encontrarse en el conflicto interior entre la razón y el deseo, siempre procuran poner de manifiesto la trascendencia del último integrante durante su búsqueda del amor, como supone Garcilaso:

> Mi razón y jüizio bien creyeron
> guardarme como en los pasados años
> d'otros graves peligros me guardaron;
> mas cuando los pasados compararon
> con los que venir vieron, no sabían
> lo que hazer de sí ni dó meterse,
> que luego empezó a verse
> la fuerza y el rigor con que venían.
>
> (Canción IV, vv. 24-31)

No obstante, bajo este módulo de querencia absoluta, los galanes practican la liturgia de forma fanática, según hemos indicado en el tratado del galanteo. Por más tesón cuerdo que tuviesen los amantes, no resistirían las fuerzas omnipotentes del amor, sino que se rendirían ante él como sus vasallos, y aún más como sus prisioneros. Atendiendo a los versos más adelante de la misma pieza garcilasiana:

---

[1] Andrés el Capellán, *op. cit.*, p. 365.

> Estaba yo a mirar; y, peleando
> en mi defensa, mi razón estaba
> cansada y en mill partes ya herida;
> y, sin ver yo quién dentro me incitaba
> ni saber cómo, estaba deseando
> que allí quedase mi razón vencida:
> nunca en todo el proceso de mi vida
> cosa se me cumplió que desease
> tan presto como aquésta, que a la hora
> se rindió la señora
> y al siervo consintió que governase
> y usase de la ley del vencimiento.
>
> (Ibid., vv. 41-52)

Asimismo, el poeta confiesa que él mismo, insensible al dolor fomentado por el deseo, abandona la cordura y acepta el mal del amor, la locura, como la única felicidad:

> Todo me empece: el seso y la locura;
> prívame éste de sí por ser tan mío;
> mátame estotra por ser yo tan suyo.
> Parecerá a la gente desvarío
> preciarme deste mal do me destruyo:
> yo lo tengo por única ventrura.
>
> (Soneto XXXVI, vv. 9-14)

En realidad, en sus orígenes este marco de juego se construyó sobre los cimientos del amor por amor, de acuerdo con la regla IX del código cortés: "Nadie puede amar si no es incitado por el amor"[1]. En aquella época, la gente no tenía libertad ni voluntad independiente para optar por su pareja, y se unía, en su mayoría, por beneficios socio-políticos[2]. Para la aristocracia,

---

[1] Ibid., p. 363.

[2] Uno de los ejemplos más notables es de Garcilaso de la Vega, que contrajo matrimonio con doña Elena de Zúñiga en el año 1527, por consejo del Emperador Carlos V, basándose no en amor romántico, sino en conveniencias políticas (Cfr. Elias L. Rivers, Introducción, en *Obras completas...*, cit., pp. 11-17).

el único medio de adquirir experiencias de los placeres y dolores de un amor apasionado, así como de obtener un desahogo y consuelo emocional sin contravenir lo ético y lo legítimo al parecer, fue nada más que encajarse en el paradigma establecido. Desde entonces, se proclamó como precepto primario que la unión nupcial ya no serviría de motivo persuasivo para desatender o esquivar el afecto real de sí mismo, como muestra el código: "El matrimonio no es excusa válida para no amar".[1] En breve, un modelo de conducta bien comprometido con la emoción privada e íntima. Aunque se dispuso la intervención del racionicio a fin de depurar el conjunto del desarrollo amoroso, por lo general, su función no fue bastante positiva o dinámica para enfrentarse con la invasión opresiva del amor. De hecho, en el terreno profano, la razón sólo desempeña el papel reflexivo sobre lo frenético de sentimientos propios del amante después de su desengaño; o en palabras de van Beysterveldt, "es representada en la poesía cancioneril como una facultad tan transida de religiosidad que llega a moldear las manifestaciones del amor profano en formas religiosas"[2]. Como resultado de este modelo constituido por dos fuerzas nada comparables ni proporcionales, el amor siempre se presenta como un tema de locura desenfrenada.

Según la convención cancioneril, se da cuenta de un proceso fijo de desarrollo. En primer lugar, se atribuye un carácter de adicción al amor y se lo culpa de su autoridad represiva, conforme a la constatación metafórica de Garcilaso:

> Amor, amor, un ábito vestí
> el qual de vuestro paño fue cortado;
> al vestir ancho fue, mas apretado
> y estrecho quando estuvo sobre mí.
>
> Después acá de lo que consentí,
> tal arrepentimiento m'á tomado
> que pruevo alguna vez, de congoxado,
> a romper esto en que yo me metí;

---

[1]   Andrés el Capellán, *op. cit.*, p. 363.

[2]   Antony van Beysterveldt, "La razón sojuzgada por amor", en *La poesía amatoria del siglo XV y el teatro de Juan del Encina*, Madrid, Ínsula, 1972, p. 165.

Mas ¿quién podrá deste ábito librarse,
teniendo tan contraria su natura
que con él á venido a conformarse?

Si alguna parte queda, por ventura,
de mi razón, por mí no osa mostrarse,
que en tal contradición no está segura.

(Soneto XXVII, vv. 1-14)

Quiere decir que, desde el principio, el galán define la querencia que viene
a su mente como un mal, seduciéndolo como un cepo, y luego sujetándolo
como un yugo. Hasta la identifica como un demonio encantador, según
describe Alethio:

Mi pecado,
en çierto tiempo passado,
me mostró tras un cantón
un diablo en condiçión
de ángel trasfigurado:
una estrella,
que pintar cosa más bella,
a lo que fuera se vía,
pintar ninguno podría,
en figura de donzella.

(vv. 1055-1064)

De tal forma, la razón junto con los ojos y el corazón en su aprecio y
contemplación de la belleza, pasa de un débil antagonista hacia un gran
cómplice del amor[1]. En Calisto, se refleja un síndrome similar que le conduce
gradualmente a la enfermedad amorosa, de acuerdo con la observación
clandestina y lúcida de Sempronio:

¡Ha, ha, ha! ¿Éste es el fuego de Calisto? ¿Éstas son sus congoxas?
¡Como si solamente el amor contra él asestara sus tiros! ¡O soberano
Dios, quán altos son sus misterios! ¡Quánta premia pusiste en el

---

①   Cfr. Ibid., pp. 162-165.

amor, que es necessaria turbación en el amante! Su límite posiste por maravilla. Paresce al amante que atrás queda. Todos passan, todos rompen, pungidos y esgarrochados como ligeros toros; sin freno saltan por las barreras[1].

Y en *El Crotalón*, aunque el Gallo es informado de la astucia femenina por un cazador en la montaña, no puede cesar de elogiar la hermosura de una joven que encuentra en el castillo, y olvidándose de las palabras aconsejadas y de sí mismo, se enamora de ella y se la entrega: "de enamorado de su belleza me perdí, y encantado salí de mí, porque depositada en su mano mi libertad me rendí a lo que de mí quisiesse hazer"[2]. Cuantas medidas vienen a la mente del galán contra sus tormentos, no sirven sino para intensificar lo furioso y lo vehemente de sus sentimientos interiores. Es la causa de que en la *Celestina*, el criado una vez descubieto el malestar de su amo, le presenta a la conocida alcahueta, en vez de darle consejos racionales.

En segundo lugar, con la ausencia de la razón, se trastornan los sentidos, tanto en las escasas ocasiones del amor esperado, como en los momentos más frecuentes de las desilusiones, según declara Alethio:

> Mas vos, como enamorado
> y a vustra passión sugeto,
> juzgáys lo blanco por prieto
> y lo azul por colorado.
>
> (vv. 906-909)
>
> ....
>
> Yo, cativo,
> ni bien muerto ni bien vivo,
> aun tenía otro pensar,
> de no podría hablar
> en la lengua que lo escribo;
> y assí andando

---

[1]   Fernando de Rojas, *op. cit.*, p. 98.

[2]   Cristóbal de Villalón, *op. cit.*, p. 172. Con respecto a su encuentro con el "hombre en una bestia", junto con sus consejos, véanse pp. 164-165; y también, en cuanto a su encuentro con la belleza, la sobrina de la posedera, y sus descripciones halagüeñas hacia ella, véanse pp. 171-172.

a escuras y tropeçando...

(vv. 1195-1201)

Cuando se trata de un afecto nada correspondido, o bien de una pérdida del amor, la enfermedad se agrava; desde anegarse en llanto y cometer desvaríos, hasta volverse histérico y obsesionarse con el suicidio. Aquí unos ejemplos de Garcilaso:

Estoy contino en lágrimas bañado,
rompiendo siempre el ayre con sospiros,
y más me duele el no osar deciros
que he llegado por vos a tal estado.

(Soneto XXXVIII, vv. 1-4)

....

Mi lengua va por do el dolor la guía;
ya yo con mi dolor sin guia camino;
entrambos hemos de ir con puro tino;
cada uno va a parar do no quería.

(Soneto XXXII, vv. 1-4)

....

Todo me empece: el seso y la locura:
prívame éste de sí por ser tan mío;
mátame estotra por ser yo tan suyo.

Parecerá a la gente desvarío
preciarme deste mal do me destruyo:
yo lo tengo por única ventura.

(Soneto XXXVI, vv. 9-14)

....

Yo acabaré, que me entregué sin arte
a quien sabrá perderme y acabarme
si quisiere, y aún sabrá querello;

que pues mi voluntad puede matarme,
la suya, que no es tanto de mi parte,
pudiendo, ¿qué hará sino hazello?

(Soneto I, vv. 9-14)

Por dichas reacciones desasosegadas en su grado tan tremendo, a tenor del Arcipreste de Talavera[①], el galán pierde al mismo tiempo todas sus virtudes, tales como las artes de un cortesano perfecto que indica Castiglione en el Libro I (vid. capítulos VIII-XI) de su obra. Estas son las condiciones elementales de los amantes, tanto para amar como para ser amados. Esta idea coincide a la vez con lo que afirma el precursor del tema, Capellanus: "toda persona dueña de sí misma, que sea apta para realizar los trabajos de Venus, puede ser alcanzada por sus flechas"[②].

En tercer lugar, aunque los amantes prometen alejarse de la locura amorosa, bien por medio de ese capricho de la muerte, bien por medio de su cuerda temporal, nunca alcanzan a realizarlo por causa del miedo a la ausencia del amor, cuya configuración se basa en los contactos visuales (contemplación) y verbales (alabanza). Por eso, siempre se someten gozosos a los dolores amorosos, concibiendo una esperanza constante de obtener el favor, según expone Garcilaso:

> Señora mia, si yo de vos ausente
> en esta vida turo y no me muero,
> paréceme que offendo a lo que os quiero
> y al bien de que gozava en ser presente;
>
> tras éste luego siento otro acidente,
> que's ver que si de vida desespero,
> yo pierdo quanto bien de vos espero,
> y ansí ando en lo que siento differente.
>
> (Soneto IX, vv. 1-8)

Y por boca de Alethio, la emoción dilémica está bien trazada por Castillejo así:

> Yo, triste de mí, pensava,
> viendo la difficultad,

---

①　Cfr. Alfonso Martínez de Toledo, *op. cit.*, pp. 110-119.

②　Andrés el Capellán, *op. cit.*, p. 67.

que de su simple bondad
el disfavor me manava,
y suffría
mill angustia cada día,
alongado de esperança
por la gran desconfiança
que su virtud me ponía.

(vv. 1096-1104)

En realidad, el poeta mirobrigense se impregna bien de la naturaleza del gran dios, que no quiere que el amante muera sino que se encarcela en sus sentires atormentados, de acuerdo con su discurso monólogo con el dios Amor:

Y lo que recelo más
y me pone turbación
porque sé tu condición,
es que no me tomerás
a muerte, sino a prisión.
Mas haz tú lo que quisieres,
que yo a merced te me doy
y he de querer lo que quieres.
No mío, mas tuyo soy,
y he de ser lo que tú fueres.

(Al amor, vv. 51-60)

A resultas de tanta furia y locura, el ambiente amatorio es como Petrarca lo muestra en sus *Triumphi*. Después de seguir al cortejo de Cupido hasta su santuario en Chipre, donde se idolatra a la gran diosa erótica, Venus, el poeta encuentra que, en ese terreno amoroso, se oscurece la verdad y se desprecia la virtud:

Questa è la terra che cotanto piacque
a Venere, e 'n quel tempo a lei fu sagra
che 'l ver nascoso e sconosciuto giacque.

Ed ancho è di valor sì nuda e magra,
tanto riten del suo primo esser vile,

che par dolce ai cattivi, ed ai buoni agra.

(TC IV, vv. 106-111)

[Ésta es la tierra que gustara tanto / a Venus hasta serle consagrada, / mientras estuvo la verdad oculta. / Y es de virtud tan pobre y tan desnuda, / conserva tanto su vileza antigua, / que solamente agrada a los malvados.]

En toda esta trayectoria, se percibe un ciclo vicioso del amor cortés: sus practicantes lo conciben como una fuente de males, lo siguen de modo fatal, se quejan afligidos en un ámbito cerrado de sí mismos, y al final se convierten cada vez en más perturbados y furiosos. Conforme a Duby, los artificios son una idealización del deseo pasional, y en lugar de ser platónico como muchos suponen, el amor cortés es un juego de caza, con sus jugadores animados por la esperanza de ganar y cobrar la presa. De modo que no es amor, sino una búsqueda física y apasionada del placer que conduce al amante al desorden. En términos suyos:

> Sin embargo, idealizar su deseo, llevarlo, al fin y al cabo, a gozar de sí mismo, a sublimarlo en este placer indecible, el *joy*, al que los poemas de los trovadores se empeñan en aproximarse, era un medio más sutil, más «refinado», de superar el malestar provocado por el descubrimiento del «punto muerto de la sexualidad» y enfrentar el «insondable misterio del goce femenino»[1].

Según lamenta Alethio en el desenlace de su *Diálogo*: "Conosco bien la dolençia / mas no sé la mediçina" (vv. 3688-3689). La tonalidad poco estricta de su crítica hace que sus pullas antifemeninas resulten ser una caricatura ridícula, y que sus muestras de los vicios cortesanos cuenten con mayor recepción. Mientras tanto, se refleja entre líneas, el desmedro del modelo perfecto de amor: de una fuente racional de virtudes a una vorágine loca de enfermedades.

---

[1] Georges Duby, "El modelo cortesano", *Historia de las mujeres en Occidente*, tomo II, bajo la dirección de Christiane Klapisch-Zuber, trad. Marco Aurelio Galmarini y Cristina García, Madrid, Taurus, 1992, pp. 308. Véanse asimismo pp. 301-307.

En una pieza latina, Garcilaso trata de configurar el carácter particular del amor, aunque puede ser una mera emulación a los escritores clásicos, igual que Virgilio en su *Eneida* y *Geórgicas*, Ovidio en su *Metamórfosis*, así como Horacio en sus *Odas*[1]. Por medio del tópico dialogado entre *puer* (Cupido) y *senex* (Venus), nuestro poeta expresa sus desengaños del amor convencional: la pasión, la ferocidad, la locura, la astucia y en especial, la inestabilidad. Según dice la diosa:

> «Nulla ut non superans, puer,
> in re es, quin celeri bile etiam tumes,
> nostro haud subtrahe te, puer,
> amplexu; peto nil praeter id amplius.»
>
> (Ode III, vv. 81-84)

> [«Pues no hay ninguna coas en la que no venzas, niño, y rápidamente también se te enciende la bilis, no te apartes, niño, de nuestro abrazo; no pido nada más fuera de esto[2].»]

Igual preocupación por la inseguridad poética se presenta en su Canción IV, en la que el autor se sirve de la última estrofa para hacer un monólogo dirigido a su criatura:

> Canción, si quien te viere se espantare
> de la instabilidad y ligereza
> y revuelta del vago pensamiento,
> estable, grave y firme es el tormento,
> le di qu'es causa cuya fortaleza
> es tal, que cualquier parte en que tocare
> la hará revolver hasta que pare
> en aquel fin de lo terrible y fuerte
> que todo el mundo afirma que es la muerte.
>
> (vv. 161-169)

---

[1]   Cfr. las explicaciones de Bienvenido Morros, notas e introducción textuales, en su *Obra poética...*, cit., pp. 262-267.

[2]   Texto traducido por Bienvenido Morros, en Ibid., p. 268.

Ante tal realidad depravada y el modelo derrumbado, lo que puede hacer el poeta para que su arte se conserve constantemente en este mundo, sería despegarse del ambiente donde se encuentra él mismo. Como cultiva Petrarca en sus *Triumphi* y *Canzoniere*, el motivo lírico se sublima del sentimiento *in vita* de Laura al *in morte*, de los cantos del Amor y la Castidad a los de la Muerte y la Fama. Así como Dante, por boca de Beatrice, se amonesta a sí mismo, se debe elevar la búsqueda de la belleza física a la conceptual:

> Mai non t'appresentò natura o arte
> piacer, quanto le belle membra in ch' io
> rinchiusa fui, e sono in terra sparte;
>   se 'l sommo piacer sí ti fallío
> per la mia morte, qual cosa mortale
> dovea poi trarre te nel suo disio[1]?

> [Nunca mayor placer natura o arte / te mostró que los miembros en que estaba / encerrada, que el suelo se reparte. / Y si el placer supremo te faltaba / por mi muerte, ¿tras qué mortales cosas / entonces tu deseo se arrastraba?]

Es decir, la espiritualización del amor, desde el plano de la cortesía trovadoresca hacia el ascético del quietismo clásico. Y esto es lo que veremos en el siguiente capítulo.

---

[1] Dante Alighieri, *Comedia. Purgatorio*, cit., canto XXXI, vv. 49-54.

II. MUERTE AFAMADA

Allí verás cuán poco mal ha hecho
la muerte en la memoria y clara fama
de los famosos hombres que ha deshecho.

(Elegía I, vv. 247-249)

Triumpho   de Muerte.

Fig. 4. Triunfo de la Muerte, *reproducción de los grabados de la edición de Arnao Guillén, Logroño, 1521*[1].

①   Fuente de la lámina: Francesco Petrarca, *Triunfos*, edición preparada por Jacobo Cortines y Manuel Carrera, Madrid, Editora Nacional, 1983.

Triumpho **de Fama.**

Fig. 5. Triunfo de la Fama, *reproducción de los grabados de la edición de Arnao Guillén, Logroño, 1521*[1].

---

[1] Fuente de la lámina: Ibid.

La materia y el espíritu, la corteza y el meollo, el objeto y el concepto son dos caras de la moneda. Esta dualidad cósmica ha sido abordada desde las épocas helénicas por los tres grandes filósofos, Sócrates, Platón y Aristóteles. Los doctores Zahareas y Pereira Zazo, en sus estudios introductorios al *Libro de buen amor*, se sirven del pensamiento para hacer constar el caracter inseparable de los dos constituyentes:

> Metafóricamente, el espíritu del ser humano yace en la materia del cuerpo, así como el meollo siempre está en la corteza («de dentro qual de fuera» 163b). Lo integrante de este concepto idealista de las dualidades, por lo menos tal como se ha elaborado en el *Libro del Arcipreste*, se plasma en las consecuencias: si las apariencias de las cosas mundanas encubren una realidad más profunda que la efímera, entonces las apariencias son *indispensables*, porque mantienen y propagan lo contrario de ellas. Respecto a la dialéctica de las contradicciones, no hay «meollo» sin «corteza», ni «alma» sin «cuerpo» y, de ahí, tampoco lecciones de buen amor sin los ejemplos de las locuras sexuales del Arcipreste. En términos actuales, el «medio» burlesco *no es* el «mensaje» cristiano, pero el mensaje sólo se transmite a través de dicho medio[1].

Como todas las cosas tienen sus facetas externas e internas, cada individuo las ve con una perspectiva distinta, concibiendo su opinión e ideología propia, y al mismo tiempo pone de relieve los aspectos que le parecen significativos. Al volver nuestros ojos hacia el presente tema que abordamos, bajo distintos marcos poéticos, Petrarca y Garcilaso adoptan distintas

---

[1]   Anthony N. Zahareas y Óscar Pereira Zazo, estudio preliminar, en *Libro del Arcipreste (o Libro de buen amor)*, de Juan Ruiz, arcipreste de Hita, edición crítica de A. N. Zahareas y O. Pereira Zazo, Madrid, Akal, 2009, p. 32. Las letras cursivas son de los mismos comentaristas.

maneras para interpretar el mismo tema. En la órbita trovadoresca, subrayan el formalismo ritual y el código convencional del amor, tratándolo como un juego comprometido al resultado final. Cuando se integra el motivo de la muerte (o sea, la pérdida total del amor, si lo viéramos desde el punto de vista del contexto anterior), el núcleo de su cultivo lírico se convierte en un compromiso espiritual, o mejor dicho, en una búsqueda, una conservación y una fruición interior del amor, el cual ha nacido de los conceptos en vez de los estímulos sensoriales.

En el Renacimiento, bajo el influjo del estoicismo, el tema del amor profano se tiñe de un matiz espiritualista. A principios del siglo XVI, Erasmo publicó la primera edición crítica de las obras completas de Séneca. El intelectual la elabora con una perspectiva humanista y antropocéntrica. Admira sus pensamientos éticos, así como la formación de la virtud y la actitud impertérrita frente a las adversidades y seducciones exteriores. Por otro lado, desprecia su efectismo retórico que carece de naturalidad estilística. Esta evaluación erasmiana no sólo está conforme a la estética poética de esa época, cuando preponderaba la sencillez y la espontaneidad formal en la producción artística en toda Europa, sino que engendra amplia repercusión entre los humanistas hispánicos, tanto en el interior de la Península como en el extranjero. Varios intelectuales, como Hernán Núñez de Toledo, Juan Luis Vives, Antonio Augustín y Antonio Covarrubias, se sirven de las ideas de Erasmo como dechado para publicar sus comentarios propios en torno a las obras del romano. Aunque eso incita a ciertas polémicas entre los escritores convencionales, que opinan sobre su severidad y gravedad estilística, la esencia de sus críticas dirigidas contra el "pathos retórico" que presume el gran filósofo holandés queda intacta. Al contrario, resulta ser una anotación suplementaria de los textos de Séneca[1]. De todo esto, se deduce un criterio en el ambiente de la poesía española renacentista: la aceptación general de la doctrina senequista (como parte del estoicismo),

---

[1] Véanse las observaciones detalladas de Karl Alfred Blüher, *Séneca en España. Investigaciones sobre la recepción de Séneca en España desde el siglo XIII hasta el siglo XVII*, versión española de Juan Conde, edición corregida y aumentada, Madrid, Gredos, 1983, pp. 233-249.

y el estilo moderado, exento de la afectación formal y lingüística, así como el contenido enfocado en su sentido moral, el espiritualismo.

Por lo demás, los autores de la época hallan un paradigma idealista del amor en el pensamiento de Platón, sobre todo en su *Banquete*. De acuerdo con el filósofo, allende de la existencia palpable y de la realidad circunstante donde se vive y se acomoda, hay otra concreta y fiable, construida por formas y conceptos, que es el supuesto mundo de las Ideas. Se trata de una existencia independiente del objeto individual, así como de la ideología particular, o sea en palabras de la doctrina, del fenómeno; en cambio en ella, se encuentra el noúmeno, el prototipo ideal e impecable del objeto tal como sería en sí mismo. A resultas de la teoría trascendental, todo lo que vemos en este mundo es sólo una sombra lanzada o un ejemplo mimético de aquel mundo superior, al cual merece la pena aspirar. En lo que concierne al tema del amor, el tratado se conduce naturalmente desde la querencia de una belleza singular y corpórea hacia el encuentro del bien supremo. Es decir, una ascensión espiritual de lo material a lo inmaterial, con la mente enraizada en la verdadera racionalidad y fomentada hacia arriba por el amor a lo bello; y asimismo, una sublimación de la belleza figurativa a la belleza intelectual, en busca de la unión casta de la voluntad a través de una peregrinación contemplativa encaminada hacia la bondad suprema. Esta noción idealista con respecto al amor está bien elaborada en el Renacimiento por Castiglione con su famoso *Il cortegiano*, y por León Hebreo con sus *Dialoghi d'amore*. Las dos obras, poco después de salir a luz en Italia (en 1528 y en 1535, respectivamente), fueron traducidas en castellano y editadas inmediatamente en España[1]. Así, por su popularidad, no es difícil imaginar las amplias repercusiones que esta doctrina ha provocado en el parnaso hispánico.

Las características de la expresión espiritualista, tanto de Séneca como de Platón, están bien demostradas por Garcilaso en su cultivo del marco elegíaco-horaciano, que consta de la oda en castelano (frente a las escritas en

---

[1]   En torno al pensamiento neoplatónico, así como su desarrollo y su influencia en la España renacentista, véanse las explicaciones de Alexander A. Parker, *op. cit.*, pp. 61-63.

latín), las dos elegías y la epístola dirigida a Boscán. En ellas, lo furioso y lo sensual del amor loco se transforman en una contemplación y deliberación sobre el amor ausente. Además, por la agregación de los elementos mortuorios, el autor intelectualiza su forma de creación poética, racionaliza la muerte en nombre de la fama y la virtud propia, apaciguando los excesos de la tristeza ante la frustración amatoria, y espiritualiza los sentimentos amorosos por medio del idealismo platónico.

A Petrarca, el fallecimiento de Laura le ofrece buenas condiciones para cultivar el arte de modo reflexivo, bien mostrado en sus *Triumphi Mortis* y *Fame*. Al tratar de su espiritualidad, sería mejor que nos detuviéramos en mencionar su obra eminente en prosa, el *Secretum*. En éste, el poeta se dedica a depurar su alma mediante conocimientos de los antiguos clásicos, como Platón, Virgilio, Horacio, Cicerón, Séneca, Boecio, y principalmente por la figura interlocutora del texto, Agustín, en compañía de su razón propia, encarnada por la otra figura muda en el diálogo, la Verdad. De hecho, Petrarca destaca la importancia de la autoconciencia, con la cual uno puede darse cuenta de sus deficiencias y vicios personales, saber contenerse en sus deseos materiales y sensuales, prescindir de agitaciones emocionales (la ira, placer y tristeza, por ejemplo), liberarse del control predominante de los móviles exteriores, y hasta ponerse en busca del bien supremo. O en términos más concretos, aspira al amor conceptual en lugar de la unión carnal, así como a la virtud verdadera en lugar de la vanagloria, según proclama en su Libro Tercero. Es más, para alcanzar la tranquilidad del alma, la razón desempeña un papel bien significativo. Por la razón, se goza de la voluntad libre. Con la razón, se llega a saber que la Fortuna no maneja todo lo de la humanidad, sino en los planos físicos, y que el resto vinculado a la racionalidad (como la sabiduría, "lo único que hubiera podido procurarte libertad y auténticas riquezas"[1]) queda indemne. Por tanto, el autor aprecia mucho la función del pensamiento y la introspección, según señala desde el

---

[1] Francesco Petrarca, *Secreto mío (De secreto conflictu curarum mearum)*, en *Obras I prosa*, al cuidado de Francisco Rico, textos, prólogos y notas de Pedro M. Cátedra, José M. Tatjer y Carlos Yarza, Madrid, Alfaguara, 1978, p. 91.

comienzo del ensayo en forma dialogística. El primer enunciado que expone por boca de Agustín para que reflexione tanto él mismo como el lector, es la muerte:

> [...] pues es absolutamente cierto que para menospreciar los encantos de esta vida y restaurar el espíritu entre tantas borrascas del mundo, nada hay más eficaz que la memoria de la propia miseria y la asidua meditación sobre la muerte —mientras no resbalen débilmente sobre nosotros, superficiales, sino que lleguen a los huesos y a las mismas entrañas[1].

Estas consideraciones del raciocinio se reflejan en los versos de los *Triunfos* de la Muerte y de la Fama, por su objetividad en la expresión de ideas y sentimientos, por su enfoque en el acto del pensar y observar, por su concepto de la división entre el alma y el cuerpo, por su valoración de la virtud y la fama, por el cambio de actitud frente a las amenazas de la Fortuna, y también por su conservación del amor en el mundo onírico. Si consentimos que la prosa expone un discurso de la espiritualidad petrarquesca, los versos son una muestra artística en consonancia con su doctrina. Por lo demás, debido a la divulgación de las obras senequistas y la difusión del idealismo neoplatónico en el Quinientos, no sólo en España sino en el resto de Europa, las producciones poéticas de Garcilaso en el entramado elegíaco-horaciano presentan asimismo una gama evidente de espiritualismo.

De modo que, en los siguientes apartados, comparo fundamentalmente la oda, las elegías y la epístola del poeta toledano con los *Triumphi Mortis* y *Fame* petrarquescos, y estratifico mi análisis en tres partes principales (la intelectulización, el estoicismo y la espiritualización), con el fin de averiguar la trayectoria paralela de los dos creadores en su proceso de depurar el tema amatorio. Es más, me sirvo del antedicho *Secretum* y unos tratados estoicos y espiritualistas, así como el *Fedón* y el *Banquete* de Platón, y el *De vita beata*, *De constantia sapientis* y las *Cartas morales a Lucilio* de Séneca, junto con unas piezas del siglo XVI, como las indicadas, *Il cortegiano* y los *Dialoghi*

---

[1]   Ibid., p. 45.

d'amore, para dilucidar sus préstamos conceptuales.

A. Intelectualización

Al alejarse del entorno de Amor y Castidad, lo que Petrarca pone de manifiesto es el pensamiento o intelecto, un brillo reluciente en la penumbra del Érebo y penetrante en el manto negro de la Muerte, como refleja en su Rima CCLXIV[1]. Una pieza que sirve de introducción a sus obras *in morte* de Laura, se vale de casi diez términos relativos a las actividades mentales (un poliptoton del *pensare*), y desplaza ese tono lacrimógeno propio del amante cortesano, con el fin de buscar la fama (obsérvese su esclarecimiento desde el verso 59 de la presente creación, "che sol per fama glorïosa et alma..." [que sólo por la fama tan gloriosa...]). Con el *incipit* así, se comienza la segunda parte de su *Cancionero*:

> I' vo pensando, et nel penser m'assale
> una pietà sí forte di me stesso,
> che mi conduce spesso
> ad altro lagrimar ch'i' non soleva...
>
> (vv. 1-4)

> [Yo voy pensando, y al pensar me asalta / una piedad tan fuerte de mí mismo, / que me lleva a menudo / a llorar por aquello que no hacía...]

De ahí, un intento de racionalizar el tema amoroso. Y este afán por un alma serena se exterioriza en el *Triumphus Mortis* por boca de Laura, que opina sobre la simplicidad de las necesidades cotidianas del ser humano,

---

[1] Esta pieza junto con los dos sonetos siguientes (CCXLV y CCXLVI), de acuerdo con M. Santagata, marca el comienzo de elaboración madura sin dependencia estrecha de los hechos biográficos externos o, mejor dicho, intelectualización o espiritualización de obras: "questa canzone e con i due sonn. 265 e 266, testi tutti nei quali Laura è ancora vivente, avranno agito ragioni diverse e in parte a noi oscure: fondamentale però era la necessità di non fare dipendere troppo strettamente l'insorgere dell'evento biografico esterno; la conversione, cioè, doveva apparire come un precesso interiore giunto a maturazione già prima della morte di Laura" (estudios textuales, *op. cit.*, p. 1043).

entrañando al mismo tiempo el alcance de la reflexión interna (el *vetro*), en lugar de las búsquedas ostentosas y arriesgadas:

> Dopo le 'mprese perigliose e vane
> el col sangue acquistar terre e thesoro,
> vie più dolce si trova l'acqua e 'l pane,
>
> e 'l legno e 'l vetro che le gemme e l'oro.
> Ma, per non seguir piú sí lunga tema,
> tempo è ch'io torni al mio primo lavor.
>
> (TM I, vv. 97-102)

[Tras vanas aventuras peligrosas, / y tras con sangre conquistar riquezas, / se aprecian más que el oro y que las perlas, / el pan, el agua, el vidrio y la madera. / Pero no seguiré con este asunto, / que tiempo es de que vuelva a lo primero.]

Mientras tanto, se percibe la retirada del amante. Es decir, un traspaso poético del portavoz. En el contorno de la diosa imparcial, las señoras presentes (Muerte, Laura y Virtudes) hablan más que el *yo*, el narrador (Petrarca). Éste cede la voz a la primera, pronunciando la muerte fulminante y precoz de la belleza física (vid. TM I, vv. 34-48); a la segunda, que trata de la frialdad y castidad de la mujer (TM II, vv. 88-120), y de la actitud estoica de impasibilidad ante cualquier deseo y sufrimiento (Ibid., vv. 133-147); y asimismo a las últimas, ennobleciendo con imágenes metafóricas el fallecimiento de Laura (TM I, vv. 148-172). Aún más, en el terreno de la Fama, el poeta guiado por ésta, permanece callado a medida que discurren los versos, con la exposición de personajes conocidos, ya sean de buena fama y prestigio, o sean de triste notoriedad y deshonra. Y otra cuestión que vale la pena mencionarse es que estos versos se caracterizan por ser más descriptivos que narrativos, más ligeros que onerosos y recargados, y más visuales (con una amplia gama de vocabulario derivado del *vedere*, como "vidi", "vista" y "ebbi veduto") que sonoros y tautológicos. En definitiva, Petrarca sufre un proceso artístico en su expresión literaria: el galán quejumbroso y encerrado en sus dolores internos se transforma en un observador, localizado encima de una atalaya histórica, donde puede examinar sus recuerdos propios, revisar la memoria atormentada por la *femme fatale*, indagar en opiniones ajenas, y contemplar los ejemplos con respecto a la vivencia de sí mismo. Por lo cual, se ha liberado del dominio del amor loco y furioso.

Un caso parecido tiene lugar en el poeta toledano en su marco elegíaco-horaciano. En su *Ode ad florem Gnidi*, en sus elegías dirigidas respectivamente al Duque de Alba y a su mejor amigo Boscán, y en su epístola asimismo al último, Garcilaso tiñe el tema con cierto matiz de intelectualización, desde el uso de la forma y la selección del léxico, hasta el cambio del *yo* narrativo.

1) *Métrica contenida*. Antes que nada, halla una nueva forma de expresión que le conduce del remolino amoroso del entorno cerrado de sus poemas cancioneriles al otro más abierto y sosegado: la lira. En ésta, se atenúa de hecho la adustez y crueldad de "la belle dame sans merçi", y se suavizan las aflicciones y dolores del amante. Y entretanto, se mitiga lo tenso, lo furioso y lo caótico de las expresiones desgarradoras. De acuerdo con la constatación del poeta en el *incipit* de su *Ode ad florem Gnidi*:

> Si de mi baja lira
> tanto pudiese el son, que en un momento
> aplacase la ira
> del animoso viento
> y la furia del mar y el movimiento...
>
> (vv. 1-5)

Según Dámaso Alonso, es una métrica "de contención y de refreno", que se desprende de la extensa estrofa cancioneril con invitación a la verborrea y pleonasmo, en especial cuando se queda enfermo interiormente. Y la lira, con sus cinco versos no isosilábicos, provee sin embargo "una advertencia al refreno", así como "una invitación a la poda de todo lo eliminable" y a la disposición de acoplar las materias expresivas y significativas a la obra poética[1]. Además, la forma nítida y poco recargada, pasando por la "columna vertebral" del Quinientos, constituida por el "Príncipe de los poetas castellanos", Fray Luis de León y San Juan de la Cruz, se ennoblece en la evolución de lo profano hacia lo espiritual, hasta llegar a lo divino, y se convierte aún en una veta nídita que ilumina el sombrío matiz general de la lírica de la época[2]. Esto quiere decir que Garcilaso ya es consciente de establecer una forma apropiada para desarrollar el amor, por lo menos, a lo racional y lo intelectual.

La misma introspección sobre la forma lírica se refleja en el resto de sus obras del marco elegíaco-horaciano. Este que se corresponde con el purgatorio dantesco, donde el poeta cavila adónde las musas dirigen su alma[3]. Aparte del fragmento de la Elegía II ("Mas ¿dónde me llevó la pluma mía, ...?") que hemos mencionado en la introducción general del presente trabajo (véase la página 9), el poeta, en los versos dedicatorios de sus Elegía I y Epístola, trata de su preocupación por el arte, con el que espera mostrar adecuadamente sus sentimientos:

> quise, pero, probar si me bastase
> el ingenio a escribirte algún consuelo,
> estando cual estoy, que aprovechase
>
> para que tu reciente desconsuelo
> la furia mitigase...
>
> (Elegía I, vv. 8-12)
>
> ....
>
> Señor Boscán, quien tanto gusto tiene
> de daros cuenta de los pensamientos,
> hasta las cosas que no tienen nombre,
> no le podrá faltar con vos materia,
> ni será menester buscar estilo
> presto, distino, d'ornamento puro,

---

[1]   Cfr. Dámso Alonso, Apéndice IV "Sobre el orígen de la lira", *Obras completas IX. «Poesía española» y otros estudios*, Madrid, Gredos, 1989, pp. 508-513.

[2]   Cfr. Dámaso Alonso, "Forma exterior y forma interior en Fray Luis", Ibid., pp. 105-106.

[3]   Cfr. Dante Alighieri, *Comedia. Purgatorio*, cit., canto I, vv. 7-12.

tal cual a culta epístola conviene.

(Epístola, vv. 1-7)

En realidad, prestigiado por Dante con su *Divina comedia*, el terceto encadenado que se aplica en las dos elegías de Garcilaso, se caracteriza por su inclinación al tratado moralizante de asuntos más filosóficos y satíricos, y entretanto, gracias a su andadura eslabonada, se constituye en una métrica apta para la composición de la poesía discursiva y meditativa[1]. Es más, en los endecasílabos blancos que se usan en dicha Epístola a su mejor amigo Boscán, se descubre en nuestro poeta una consonancia con "el estilo más suelto y relajado" que los autores de la Antigüedad clásica han recomendado para las cartas familiares; a lo largo de la libertad de rimas, el creador se deja llevar por el fluir de sus ideas, mezcladas con novedades, reflexiones y sentires[2]. En consecuencia, se advierte una espontaneidad acomodada al desarrollo conceptual, que se libera de la forma artificial del tema cortesano.

2) *Consideración léxica*. En torno a la expresión verbal, la tristeza del "quejarse", "llorar" y "morir" se ha substituido por la tranquilidad del "pensar". En sus canciones y sonetos, Garcilaso utiliza las expresiones inmediatas para exponer su dolor interior. Ante la muerte de la dama, por ejemplo, el amante se lamenta de la implacabilidad del destino ejecutor, que le ha arrancado de su amor:

¡Oh hado esecutivo en mis dolores,
cómo sentí tus leyes rigurosas!
Cortaste'l árbol con manos dañosas,
y esparciste por tierra fruta y flores.

(Soneto XXV, vv. 1-4)

Además del dolor desbordado en su emoción, muestra un furor en su

---

[1]   Cfr. Rafael Balbín Núñez de Prado, *op. cit.*, p. 17; Angelo Marchese y Joaquín Forradellas, *Diccionario de retórica, crítica y terminología literaria*, edición española de Joaquín Forradellas, 6ª ed., Barcelona, Ariel, 1998.

[2]   Véanse las explicaciones de Bienvenido Morros, notas textuales, en *Obra poética...*, cit., p. 121.

comportamiento exterior, llorando ríos o mares, a causa de la querencia no correspondiente:

> Las lágrimas que en esta sepultura
> se vierten hoy en día y se vertieron
> recibe, aunque sin fruto allá te sean.
>
> (Ibid., vv. 9-11)

....

> Con más piedad debria ser escuchada
> la voz del que se llora por perdido
> que la del que perdió y llora otra coas.
>
> (Soneto XV, vv. 12-14)

....

> Torno a llorar mis daños, porque entiendo
> que es un crudo linaje de tormento,
> para matar aquel que está sediento,
> mostralle el agua por que está muriendo...
>
> (Canción IV, vv. 93-96)

Aún más, tiene ideas obsesivas de morir ante los recuerdos quedados de su amada:

> ¡Oh dulces prendas, por mi mal halladas,
> dulces y alegre, cuando Dios quería!
> Juntas estáis en la memoria mía,
> y con ella en mi muerte conjuradas.
>
> (Soneto X, vv. 1-4)

Sin embargo, en el siguiente marco elegíaco-horaciano, esa emoción quejumbrosa y sollozante se transforma en un impulso sedante que invita al poeta a meditar:

> Con discurso y razón, que's tan prevista,
> con fortaleza y ser, que en ti contemplo,
> a la flaca tristeza se resista.
>
> (Elegía I, vv. 241-243)

....

Yo solo fuera voy d'aqueste cuento,
porque'l amor m'aflige y m'atormenta,
y en el ausencia crece el mal que siento;

y pienso yo que la razón consienta
y permita la causa deste efecto,
que a mí solo entre todos se presenta...

(Elegía II, vv. 70-75)

....

lo cual no habrá razón que lo permita,
porque por más y más que ausencia dure,
con la vida s'acaba, qu'es finita.

(Ibid., vv. 82-84)

....

Iba pensando y discurriendo un día
a cuántos bienes alargó la mano
el que del amistad mostró el camino,
y luego vos, del amistad ejemplo,
os me ofrecéis en estos pensamientos...

(Epístola, vv. 28-32)

En estos versos, en vez de los lloros y dolores, se advierten más términos relacionados con las actividades cerebrales: pensar, racionar, discurrir y observar. Todo esto ofrece al poeta un punto de vista más objetivo para aproximarse al núcleo que se rodea de la ausencia tanto temporal (separación) como eterna (muerte) del amor.

Por añadidura, en su única oda castellana, como portavoz de su amigo enamorado Mario Galeota, el poeta no habla de sus sentires afligidos con lágrimas, llantos e ideas obsesivas de suicidio, sino que pone de relieve el trastorno de sus quehaceres, a causa del rechazo de la dama Violante Sanseverino:

Por ti, como solía,
del áspero caballo no corrige
la furia y gallardía,

> ni con freno la rige,
> ni con vivas espuelas ya l'aflige.
>
> Por ti con diestra mano
> no revuelve la espada presurosa,
> y en el dudoso llano
> huye la polvorosa
> palestra como sierpe ponzoñosa.
>
> Por ti su blanda musa,
> en lugar de la cíthera sonante,
> tristes querellas usa,
> que con llanto abundante
> hacen bañar el rostro del amante.
>
> Por ti el mayor amigo
> l'es importuno, grave y enojoso:
> yo puedo ser testigo,
> que ya del peligroso
> naufragio fui su puerto y su reposo...
>
> (Ode ad florem Gnidi, vv. 36-55)

Es decir, lo que más importa al poeta es que el amor perjudica las virtudes cortesanas, o sea, a juzgar por Castiglione[1], las artes que deben saber los caballeros renacentistas: el manejo de los caballos, el uso y el ejercicio de las armas, la destreza en la poesía y la música, así como el cultivo de la amistad. De manera que, por medio del enfoque en el abandono de las ocupaciones habituales, Garcilaso dignifica su tema de amor desde el plano puramente sentimental hacia el otro más intelectual.

3) *Retirada poética del* yo. En este marco, se perciben los avatares de Garcilaso en su papel del *yo*, el narrador. Desigual a la elaboración de Petrarca, no cede sus voces textuales a otros personajes, sino que, preocupado por sus amigos —Mario Galeota, el Duque y Juan Boscán—, les emite y dirige sus palabras sinceras sobre temas escogidos: el amor, los celos, la amistad y la muerte. Cada uno de estos temas está estrechamente

---

[1]   Véase su célebre manual de la época, *El cortesano*, Libro I, capítulos, IV, IX y X.

vinculado al gran núcleo de su intimidad. Y entretanto, despegado del marco particular de dos amantes idealizados, el poeta se encuentra en un "mundo público con evidentes correspondencias sociales e históricas", tratando de los asuntos ajenos que entre líneas conciernen efectivamente a su experiencia propia[1]. Ya no se identifica a sí mismo con el galán cortesano que cultivaba en sus piezas cancioneriles, sino que se presenta como un guerrero por el sur de Francia e Italia. O mejor dicho, como un hombre histórico que está elaborando e imitando modelos clásicos en localidades concretas, pero sin pretensión de especificar su amor como la figura central en la poesía[2].

En su *Ode ad florem Gnidi*, el poeta desempeña el papel de intercesor que, usando el mito trágico entre Ifis y Anajárete como escarmiento, pide y aconseja a doña Violante que acepte el afecto de su amigo Mario. En su *Elegía al Duque de Alba*, parece asumir el cargo de mentor, instruyendo a don Fernando de Toledo para que se despegue de la tristeza atormentada por la muerte de su hermano Bernaldino. En su *Elegía a Boscán*, desde la perspectiva de un guerrero-viajero, analiza cómo mantener el amor, y a la vez sospecha la posible infidelidad de su amor en brazos de otro. Y en su *Epístola a Boscán*, en nombre de buena relación de amigos, habla de la amistad en general, como si fuese un tratado de miscelánea.

En consecuencia, Garcilaso ya ha emprendido la adopción de una postura mucho más distanciada para tratar del amor, como refleja en sus versos consolatorios, con un tono confiado, escueto y determinado:

> Mira la tierra, el mar que la contiene,
> todo lo qual por un pequeño punto
> a respeto del cielo juzga y tiene...
> (Elegía I, vv. 280-282)

Mientras que Petrarca, frente al amor perdido, se disfraza del que interroga y escucha, y hace suyas las voces de la gente circundante, Garcilaso escarmienta en cabeza ajena y, al mismo tiempo, despeja poco a poco las

---

[1] Parafraseado de la introducción de Elias L. Rivers, *op. cit.*, p. 31.

[2] Ibid.

rémoras, tanto poéticas como sentimentales, en su mente confinada, hasta que espiritualice el tema elaborado:

> subió por la difícil y alta vía,
> de la carne mortal purgado y puro,
> en la dulce región del alegría...
>
> (Ibid., vv. 259-261)

B. ESTOICISMO

En los *Triumphi*, aparte de la intelectualización del tema, mediante una discusión entre Laura y la Muerte, Petrarca declara el concepto dicótomo entre la soma ($\sigma\acute{\omega}\mu\alpha$) y la psique ($\psi\nu\chi\acute{\eta}$). O mejor dicho, la idea de la aspiración del alma a emanciparse de los despojos corporales, por la que se disminuirá la agitación y el miedo ante el remate de la vida profana y temporal:

> «In costor no ài tu ragione alguna,
> ed in me poca; solo in questa spoglia»
> rispose quella che fu nel mondo una.
>   «Altri so che n'avrà più di me doglia,
> la cui salute dal mio viver pende.
> A me fia gratia che di qui mi scioglia.»
>
> (TM I, vv. 49-54)

[«Jurisdicción no tienes sobre éstas, / y sobre mí tan sólo en los despojos», / así le respondió la que fue única. / «Más que yo misma, sé quién sufriría, / cuya salud depende de mi vida, / de la cual bien quisiera desatarme.»]

Esto se corresponde con el discurso sermónico del *Secretum*, en torno al preso psíquico por la soma. Así opina por boca de Agustín, y con préstamo poético de Virgilio:

Oye entonces: tu alma —no negaré que el cielo la haya hecho buena—
por el contacto con el cuerpo, donde está cerrada, ha degenerado
mucho respecto a su nobleza primitiva, tenlo por seguro [...]. Creo que
Virgilio, divinamente inspirado, se refirió a las pasiones engendradas en
la ligazón con el cuerpo y al olvido de nuestra naturaleza mejor, cuando
dijo:

> *Vigor de fuego tiene tales gérmenes,*
> *origen celestial—mientras los cuerpos*
> *nocivos no los frenan ni los vínculos*
> *terrenos los embotan ni los miembros*
> *que han de morir. Por ello temen, quieren,*
> *se lamentan y gozan, y por ello*
> *dirigen sus miradas hacia el cielo,*
> *ciegos sin lumbre en cárcel tenebrosa.*

¿No reconoce en estas bellísima palabras el monstruo de cuatro cabezas
tan eneemigo de la naturaleza humana[1]?

Por boca del cortejo de la Castidad, compara la defunción de su amada con la
extinción de una luz. Opina que lo que se desvanece es sólo suspiros, pero se
mantiene la virtud, la cual supondrá la fama de la amada, e incluso la fama
del poeta gracias a su poesía[2]. Así dicen las señoras que cuando la diosa cruel
y terca dio asalto a Laura,

> non come fiamma che per forza è spenta,
> ma che per se medesma si consume,
> se n'andò in pace l'anima contenta,
>
> a guisa d'un soave e chiaro lume
> cui nutrimento a poco a poco manca,

---

[1] Francesco Petrarca, *Secreto mío...*, cit., p. 63. Y véase también Virgilio, *Eneida*, Lib. VI, vv. 730-734.

[2] Para Petrarca, la poesía e historia son las únicas formas más nobles de la faena literaria, que aparte de confirmar la fama a los mortales, dejan como testimonios o pruebas la fama de sus autores para siempre, superando a la Muerte y al Tiempo. Véase el TM I (vv. 16-18) y el TT (vv. 88-90), así como las notas en la edición bilingüe de los *Triunfos* de Guido M. Capelli (*op. cit.*, pp. 207 y 315).

tenendo al fine il suo caro costume.

(TM I, vv. 160-165)

[no como llama que apagada fuera, / sino que va extinguiéndose en sí misma, / se fue aquel alma en paz con alegría, / como una luz que fuese dulce y clara, / a la cual va faltando el alimento, / mas conserva hasta el fin su virtud propia.]

Y ellas mismas añaden en seguida que el supuesto óbito no es el fin de la vida, sino un mero descanso del alma. De ahí, su actitud sin terror hacia la Muerte:

> Pallida no, ma più che neve bianca,
> che senza venti in un bel colle fiocchi,
> parea posar come persona stanca.
>
> Quasi un dolce dormir ne' suo' belli occhi,
> sendo lo spirto già da lei diviso,
> era quel che morir chiman li sciocchi.
>
> Morte bella parea nel suo bel viso.

(Ibid., vv. 166-172)

[Pálida no, más blanca que la vieve / que desciende sin viento en la montaña, / parecía que estaba descansando. / Algo así como un sueño por sus ojos, / separado el espíritu del cuerpo, / era lo que morir llaman los necios. / En su rostro la Muerte era belleza.]

Más adelante, la idéntica doctrina, con la que se trata de la muerte como un suspiro en vez de un sentir doloroso, ha sido confirmada de nuevo por la dama honorable, en sus palabras tan consolatorias como reprensoras, dirigidas al poeta en estado atormentado y deprimido:

> «Negar» disse «non posso che l'affanno
> che va inanzi al morir, no doglia forte,
> e più la tema de l'etterno danno;
>
> ma, pur che l'alma in Dio si riconforte,

e 'l cor, che 'n se medesmo forse è lasso,
che altro ch'un sospir breve è la morte?»

(TM II, vv. 46-51)

[«No niego», respondió, «que los afanes / que a la muerte preceden
sean duros, / y muchos más el miedo al fuego eterno; / pero si el alma
en Dios se reconforta, / y el corazón, que es débil por sí mismo / ¿qué
es el morir, sino un suspiro breve?»]

Por medio de la actitud serena de la misma con respecto a su propia muerte, se
propone la mesura en sustitución de la locura, frente a cualquier estímulo del
mundo exterior, tanto el placer como el dolor:

Tu eri di mercé chiamar già roco,
quando tacea, perché vergogna e tema
facean molto desir parer sì poco.

Non è minor il duol perché altri il prema,
né maggior per andarsi lamentantdo.
Per fictïon non cresce il ver, né scema.

(Ibid., vv. 142-147)

[«De pedir compasión ya estabas ronco, / mientras yo me callaba temerosa, / pareciendo pequeño mi deseo. / No es menor el dolor porque se
calle, / ni tampoco mayor porque se diga; / no cambia la verdad con la
apariencia.»]

Al echar una mirada general al entramado mortuorio de Petrarca, se
percibe una consonancia con los conceptos estoicos. El espíritu aprisionado
por el cuerpo está en espera de encontrar una libertad absoluta; se delibera
racionalmente sobre la cuestión de la muerte; así como se valorizan la
actitud apática y la manera de ser impasible que el sabio adopta en cualquier
situacion. De hecho, en coherencia con el maestro italiano y los filósofos
de la corriente (Sócrates y Séneca, en especial), Garcilaso muestra varias
expresiones en su cultivo del recinto elegíaco, a fin de que su tema derivado
del amor se eleve de un mero desahogo emocinal a una cavilación espiritual.

1) *La bipartición psico-somática.* A juicio de Sócrates, el cuerpo es sólo la posada temporal del alma, la cual es inmortal, y consiste en nuestra virtud. Por eso, cuando la Muerte se apropia de nuestra vida, nos depreda sólo los despojos, y nos deja intacta el alma. Como se muestra en el *Fedón* platónico:

> Desde luego que el afirmar que esto es tal cual yo lo he expuesto punto por punto, no es propio de un hombre sensato. Pero que existen esas cosas o algunas otras semejantes en lo que toca a nuestras almas y sus moradas, una vez que está claro que el alma es algo inmortal, eso me parece que es conveniente y que vale la pena correr el riego de creerlo así —pues es hermoso el riesgo—, y hay que entonar semejantes encantamientos para uno mismo, razón por la que yo hace un rato ya que prolongo este relato mítico. Así que por tales motivos debe estar confiado respecto de su alma todo hombre que en su vida ha enviado a paseo los demás placeres del cuerpo y sus adornos, considerando que eran ajenos y que debía oponerse a ellos, mientras que se afanó por los del aprender, y tras adornar su alma no con un adorno ajeno, sino con el propio de ella, con la prudencia, la justicia, el valor, la libertad y la verdad, así aguarda el viaje hacia el Hades, como dispuesto a marchar en cuanto el destino lo llame. [...]
>
> [...] Lo que yo haya hecho desde hace un buen rato un largo razonamiento de que, una vez que haya bebido el veneno, ya no me quedaré con vosotros, sino que me iré marchándome a las venturas reservadas a los bienaventurados, le parece que lo digo en vano, por consolaros a vosotros y, a la par, a mí mismo. [...] Así que es preciso tener valor y afirmar que sepultas mi cuerpo, y sepultarlo del modo que a ti te sea grato y como te parezca que es lo más normal[1].

De hecho, en su marco trovadoresco, Garcilaso ya ha aprovechado la doctrina del gran filósofo para indicar su conocimiento racional con respecto a la libertad del alma frente al predominio ajeno de su cuerpo, y también se ha mostrado valiente, sin terror a la disposición de la Fortuna:

---

[1]   Platón, *Fedon*, en *Diálogos*, volumen III, *Fedón, Banquete, Fedro*, traducciones, introducciones y notas respectivamente por C. García Gual, M. Martínes Hernández y E. Lledó Íñigo, Madrid, Gredos, 1986, pp. 135-138.

El cuerpo está en poder
y en mano de quien puede
hacer a su placer lo que quisiere;
mas no podrá hacer
que mal librado quede
mientras de mí otra prenda no tuviere.

(Canción III, vv. 27-32)

....

Y al fin de tal jornada
¿presumen d'espantarme?
Sepan que ya no puedo
morir sino sin miedo,
que aun nunca qué temer quiso dejarme
la desventura mía,
qu'el bien y el miedo me quitó en un día.

(Ibid., vv. 46-52)

No obstante, su "actitud desafiadora" y "potente subjetividad" en esta creación poética ha dado lugar a la brusquedad del desahogo, la cual rompe los cauces sosegados en un esfuerzo más reflexivo encaminado a la tranquilidad del alma[1]. Aún no ha llegado a la madurez de su expresión espiritualista, en consonancia con la dulzura y la espontaneidad formal y rítmica.

En su siguiente marco poético, sin embargo, mediante la consolación al Duque de Alba, Garcilaso exterioriza sus pensamientos estoicos, aunque no indica directamente la concepción helénica en cuanto a la escisión entre lo corpóreo y lo incorpóreo del ser humano. Por un lado, iguala el alma de don Bernaldino con una mitad de la del Duque, y sugiere a éste que no cometa excesos en su tristeza por la muerte de su hermano, para no perder la otra mitad que le queda. A saber, su propia alma.

Así desfalleciendo en tu sentido,
como fuera de ti, por la ribera

_____

[1] Cfr. Rafael Lapesa, *La trayectoria...*, pp. 86-87.

de Trápana, con llanto y con gemido,

el caro hermano buscas, que solo era
la mitad de tu alma; el cual muriendo,
quedará ya sin la otra parte entera.

(Elegía I, vv. 37-42)

Por otro lado, a Garcilaso le parece que después de la muerte, a pesar de la pérdida de alientos en el cadáver, el alma siempre queda en este mundo, y aún más, por la virtud que ha ganado y ha acumulado en toda su vida profana, se eleva a los Campos Elíseos, gozando de la inmortalidad en el inmenso universo, en contraste con lo mezquino y lo vano de la tierra:

do con discurso libre ya y seguro
mira la vanidad de los mortales,
ciegos, errados en el aire 'scuro,

y viendo y contemplando nuestros males,
alégrase d'haber alzado el vuelo
y gozar de las horas immortales.

(Ibid., vv. 262-267)

Y además, en otra pieza del mismo marco poético, el poeta se sirve del suicidio de Séneca[1] para declarar su estado del momento, cuando se encuentra en los campos de batalla por las misiones militares. Mientras que el cuerpo no tiene la libre disposición de elegir la localidad donde quiere quedar, y es obligado a alejarse de su amor, el alma interior disfruta con gran sosiego de la libertad autónoma, optando por el camino que decide la propia voluntad, bien que sea muerte:

y acabo como aquel que'n un templado
baño metido, sin sentillo muere,
las venas dulcemente desatado.

---

[1]   Para Séneca, la muerte voluntaria es una garantía y una expresión suprema de la libertad, y la manera de la muerte muestra la virtud de un individuo. Respecto a la historia de su suicidio y su perseguimiento político por Nerón, véanse estudios de Paul Veyne, *Séneca y el estoicismo*, trad. Mónica Utrilla, México, D.F., Fondo de Cultura Económica, 1995, pp. 180-183.

(Elegía II, vv. 142-144)

....

> d'aqueste vivo fuego, en que m'apuro
> y consumirme poco a poco espero,
> sé que aun allí no podré estar seguro,
> y así diverso entre contrarios muero.

(Ibid., vv. 190-193)

Así que, según la perspectiva estoica de Garcilaso, la muerte se muestra sólo en la pérdida de la "juventud y gracia y hermosura" (Elegía I, v. 116), todo lo que se ve en la apariencia externa; pues el alma, después de emanciparse de la apropiación corpórea, se independiza, se glorifica, y luego se va en busca de otra vida, de mayor constancia y de perennidad completa:

> Pisa el immenso y cristalino cielo,
> teniendo puestos d'una y d'otra mano
> el claro padre y el sublime agüelo:
>
> el uno ve de su proceso humano
> sus virtudes estar allí presentes,
> qu'el áspero camino hacen llano;
>
> el otro, que acá hizo entre las gentes
> en la vida mortal menor tardanza,
> sus llagas muestra allá resplandecientes.
>
> Dellas aqueste premio allá s'alcanza,
> porque del enemigo no conviene
> procurar en el cielo otra venganza.

(Elegía I, vv. 268-279)

De acuerdo con Camacho Guizado, este proceso de independencia para encontrar una vida más feliz en otro mundo, puede ser un *cliché* del mecanismo consolatorio que los escritores renacentistas suelen adoptar para su creación de la elegía funeral, especialmente la elegía "heroica"[1]. No

---

[1]   Cfr. Eduardo Camacho Guizado, "Caracteríasticas de la elegía funeral renacentista", en *La elegía funeral en la poesía española*, Madrid, Gredos, 1969, pp. 130-131. Y respecto a sus consideraciones de subdividir este género literario en el Renacimiento, véanse sus explicaciones

obstante, los versos contribuyen también a la reflexión sobre los conceptos tópicos y las imágenes engañosas de la Muerte: horrible y lúgubre, amarga y dolorosa.

2) *La inocuidad de la muerte.* Una vez confirmada la bipartición psico-somática y la valorización del alma, se supone que la muerte no duele ni perjudica a los fallecidos, sino a los sobrevivientes irracionales, puesto que se dejan dominar como servidumbre por el mundo exterior (tanto de placeres como de dolores), en lugar de ser dueño de sí mismo y vivir según la naturaleza[1]. En sus versos de consolación al Duque de Alba, el poeta muestra el vigor de la gran "enemiga" de todo el mundo:

> No contenta con esto, la enemiga
> del humano linaje, que envidiosa
> coge sin tiempo el grano de la espiga,
>
> nos ha querido ser tan rigurosa,
> que ni a tu juventud, don Bernaldino,
> ni ha sido a nuestra pérdida piadosa.
>
> (Ibid., vv. 97-102)

Eso parece evocarnos la visión convencional del Medioevo acerca de la Muerte, que se refleja con el mejor ejemplo en el *Libro de buen amor*. El autor de la obra canónica, al tratar de la muerte de la vieja alcahueta Trotaconventos, proclama así:

> ¡Ay Muerte! ¡Muerta seas, muerta e malandante!
> Mataste a mi vieja: ¡matasses a mí ante!
> Enemiga del mundo, que non as semejante,
> de tu memoria amarga non sé quien no se espante.
>
> (copla 1520)[2]

---

sobre la "elegía heróica" en las páginas 124-126, y sobre la "elegía privada" o la "elegía lírica" en las páginas 131-132.

[1]   Una concepción estoica de Séneca. Cfr. su obra *Sobre la felicidad* (*De vita beata*), versión, traducción y comentarios de Julián Marías, Madrid, Alianza, 2001, pp. 40-50 y 60-61.

[2]   Juan Ruiz, Arcipreste de Hita, *op. cit.*, pp. 391-392.

Compartiendo con el Arcipreste de Hita el talento vitalista y mundano ante la Muerte, Garcilaso, sin embargo, no apostrofa como el anterior, ni concibe miedo a la posterior, sino que aprovecha la idea de consolación de origen estoico, exponiendo lo inofensivo de la muerte a los fallecidos:

> Nunca los tuyos, mas los propios daños
> dolernos deben, que la muerte amarga
> nos muestra claros ya mil desengaños;
> hanos mostrado ya que en vida larga,
> apenas de tormentos y d'enojos
> llevar podemos la pesada carga...
>
> (Elegía I, vv. 109-114)

El rumor sobre lo amargo de la Muerte resulta ser un engaño. En realidad, en el período prerrenacentista de España, Jorge Manrique en sus *Coplas por la muerte de su padre* ha intentado desvanecer los conceptos convencionales en cuanto al terror de la Muerte, los cuales han sido construidos y fomentados por la danza macabra en la cultura popular a lo largo del dilatado desarrollo de la Edad Media. Y definitivamente, se ha servido de un proceso pensativo, considerado el cultivo de la "muerte meditada", para dirigir la cuestión desde el marco de la "muerte rechazada" hacia el de la "muerte deseada"[1]. Éstos son sus versos:

> Nuestras vidas son los ríos
> que van a dar en la mar,
> que es el morir:
> allí van los señoríos
> derechos a se acabar
> e consumir...
>
> (Copla III, vv. 1-6)

---

[1]   Véanse los análisis detallados de María del Rosario Fernández Alonso en torno a la triple tendencia de la poesía del siglo XV, en *Una visión de la muerte en la lírica española. La muerte como amada*, Madrid, Gredos, 1971, pp. 111-113.

> ....
> Este mundo es el camino
> para el otro, que es morada
> sin pesar;
> mas cumple tener buen tino
> para andar esta jornada
> sin errar.
>
> (Copla V, vv. 1-6)[1]

Entre líneas, pues, se percibe un fuerte sentido moral cristiano, con el que el poeta del Cuatrocientos trata de aceptar la Muerte como el único tránsito a la vida verdadera, la cual consiste en la unión con Dios[2]. Una idea más teocéntrica que antropocétrica. Eso quiere decir que el tratamiento medieval de desmitificar el miedo de la Muerte entona más con la creencia y la fe religiosa que con la introspección conforme a la naturaleza de la humanidad, la razón.

En cambio, a juicio de Garcilaso, las Parcas sólo privan a la gente de su belleza, su figura artificial y otras señales de su juventud (véase su Elegía I, vv. 112-129); pues, de ninguna manera, le dañan la razón, o mejor dicho, la parte integral del alma, que es el meollo del ser humano. En la pieza donde muestra sus preocupaciones por la pérdida del amor, el poeta aprovecha la idea, junto con un razonamiento silogístico, declarando que nuestra vida física es mortal, y la separación de cualquier forma (incluso la muerte) debe ser temporal. Entonces, el amor nunca se perjudicará, ni se verá ausente, con tal de que nuestro espíritu esté siempre sujeto al cielo (concibiendo lo bello en el mundo del más allá). Así versifica su teorema:

> y pienso yo que la razón consienta
> y permita la causa deste efeto,
> que a mí solo entre todos se presenta,
>
> porque como del cielo yo sujeto

---

[1]   Jorge Manrique, Obras doctrinales, en *Obra completa*, edición, prólogo y vocabulario de Augusto Cortina, 13º ed., Madrid, Espasa-Calpe, 1979, p. 116-117.

[2]   Cfr. María del Rosario Fernández Alonso, *op. cit.*, pp. 114-115.

estaba eternamente y diputado
al amoroso fuego en que me meto,

  así, para poder ser amatado,
el ausencia sin término, infinita,
debe ser, y sin tiempo limitado;

    lo cual no habrá razón que lo permita,
porque por más y más que ausencia dure,
con la vida s'acaba, qu'es finita.

(Elegía II, vv. 73-84)

A lo largo del lirismo rítmico, Garcilaso, por una parte, cultiva con virtuosismo el tema de la ausencia (una imagen metamórfica de la muerte), elevándolo al plano filosófico; y por otra parte, afirma indirectamente la facultad del raciocinio, con la que se disipa lo temoroso y lo destructivo de la muerte conforme a la opinión convencional.

De acuerdo con esclarecimiento senequista, la función de la razón es exclusiva de la humanidad, y nos hace sociables. Por lo tanto, es necesario entrenarla con frecuencia. Y una vez que se vuelva firme, nos podrá servir como guía de conducta para siempre. He aquí unos fragmentos explícitos y sintéticos del estudioso francés, Veyne, en torno a los pensamientos del gran filósofo estoico, quien pone de relieve el significado de la razón y su entrenamiento:

> Los animales desprovistos de razón no pueden flanquear, no tienen pasiones ni vicios, ni tampoco mérito. La razón que remplaza en el hombre a sus instintos puede equivocarse; también debe descubrir por sí misma las grandes verdades; cada quien desea, desde la cuna, ser feliz, pero el conocimiento del método bueno no es innato, y tampoco es una sensación a la manera de los colores o del placer; es un concepto elaborado. De todos modos, esta elaboración se produce muy pronto y en todos los homres, pues la naturaleza ha depositado en todos el presentimiento de la excelencia; "nacimos sin la virtud, mas para ella"; la naturaleza nos ha creado "educables, dándonos una razón incompleta, pero perfectible". No tenía que hacer más: dado que la razón es su propia guía, sabrá orientarse.

[...] la razón dirá cuándo se debe y se puede actuar y cuándo vale más contemplar (es decir, estudiar, enseñar, replegarse en la vida interior, predicar con el ejemplo); todo el que actúe razonablemente progresará siempre (pues el ejercicio de la razón era un entrenamiento, una "ascesis"), que se puede rodeado de sus libros y en sus meditaciones, o que aconseje al príncipe[1].

De forma que los vivientes, en lugar de lamentar la desgracia por los muertos, deberían preocuparse de sí mismos, a saber, de su propia razón. Ya que, cuando tengan un juicio tan sólido como el sabio estoico, se enterarán de lo inocuo de la Muerte, que no daña a los muertos ni amenaza a los vivos, y en sus mentes firmes, no anidará ningún terror a Ella. Eso también se corresponde con la idea de Petrarca, que otorga a la razón el puesto supremo y autoritario sobre el resto de los constituyentes del alma humana, aspirando a que sintonice el mecanismo interior para alcanzar la tranquilidad espiritual:

[Los hombres justos] dividieron el alma en tres partes, colocando la razón en la cabeza, como en una ciudadela, la ira en el pecho y el deseo bajo el diafragma, de modo que la primera está presta a domeñar las violentas acometidas de los males inferiores y desde arriba les toque como a retirada[2].

3) *La impasibilidad del sabio*. Gracias al cultivo de la razón, se construye una actitud apática e imperturbable frente a cualquier estimulación desde la realidad objetiva, tanto positiva como negativa, ya que ésa es la salida que conduce al hombre llamado a la libertad. Ésa configura la virtud que trata de encontrar un sabio estoico, con la que se alcanza la supuesta felicidad. Según declara Séneca en su *De vita beata*:

Hay que encontrar, por tanto, una salidad hacia la libertad. Esta

---

[1]   Paul Veyne, *op. cit.*, pp. 72-73 y 209.

[2]   Francesco Petrarca, *Secreto mío...*, cit., p. 94.

libertad no la da más que la indiferencia por la fortuna; entonces nacerá ese inestimable bien, la calma del espíritu puesto en seguro y la elevación; y, desechados todos los terrores, del conocimiento de la verdad surgirán un gozo grande e inmutable, y la afabilidad y efusión del ánimo, con los cuales se deleitará, no como bienes, sino como frutos de su propio bien.

[...] la verdadera felicidad reside en la virtud. ¿Qué te aconsejará esta virtud? Que no estimes bueno o malo lo que no acontece ni por virtud ni por malicia; en segundo lugar, que seas inconmovible incluso contra el mal que procede del bien; de modo que, en cuanto es lícito, te hagas un dios[1].

Ese estado es también lo que Garcilaso espera que el Duque de Alba encuentre frente a la muerte de su hermano. En primer lugar, de un modo ecléctico, intenta persuadirle a acortar el tiempo de su tristeza, utilizando el cuento épico entre el rey troyano Príamo y su hijo Héctor, asesinado por Aquiles en su duelo, así como el mito lírico entre la diosa Venus y su amante Adonis, matado por un jabalí en su caza, como ejemplos:

No fue el troyano príncipe llorado
siempre del viejo padre dolorido,
ni siempre de la madre lamentado,

antes, después del cuerpo redemido
con lágrimas humildes y con oro,
que fue del fiero Achhiles concedido,

y reprimiendo el lamentable coro
del frigio llanto, dieron fin al vano
y sin provecho sentimiento y lloro.

El tierno pecho, en esta parte humano,
de Venus, ¿qué sintió, su Adonis viendo
de su sangre regar el verde llano?

[...] los ojos enjugó y la frente pura
mostró con algo más contentamiento,
dejando con el muerto la tristura;

---

[1]   Séneca, *op. cit.*, pp. 53 y 80.

> y luego con gracioso movimiento
> se fue su paso por el verde suelo,
> con su guirlanda usada y su ornamento;
>
> desordenaba con lascivo vuelo
> el viento su cabello; y con su vista
> s'alegraba la tierra, el mar y el cielo.

(Elegía I, vv. 214-240)

En segundo lugar, aconseja al Duque que por motivo de guardar su virtud, consistente en buena fama y obras resplandecientes, sea fuerte en su ánimo, así como sea valiente a la disposición de la Fortuna:

> Tú, gran Fernando, que entre tus pasadas
> y tu presentes obras resplandeces,
> y a mayor fama están por ti obligadas,
>
> contempla dónde 'stás, que si falleces
> al nombre que has ganado entre la gente,
> de tu virtud en algo t'enflaqueces,
>
> porque al fuerte varón no se consiente
> no resistir los casos de Fortuna
> con firme rostro y corazón valiente;
>
> y no tan solamente esta importuna,
> con proceso crüel y riguroso,
> con revolver de sol, de cielo y luna,
>
> mover no debe un pecho generoso
> ni entristecello con funesto vuelo,
> turbando con molestia su reposo...

(Ibid., vv. 181-195)

Y por último, le sugiere el premio concedido a los bienaventurados estoicos, los cuales mesurados en toda su conducta, se quedarán libres de pasión, de cólera, de locura, y al mismo tiempo disfruntarán de la calma tanto racional como emocional:

> Por estas asperezas se camina

de la inmortalidad al alto asiento,
do nunca arriba quien d'aquí declina.

(Ibid., vv. 202-204)

....

el tiempo que a tu vida limitado
d'allá arriba t'está, Fernando, mira,
y allí ve tu lugar ya deputado.

¡Oh bienaventurado, que, sin ira,
sin odio, en paz estás, sin amor ciego,
con quien acá se muere y se sospira,

y en eterna holganza y en sosiego
vives y vivirás cuanto encendiere
las almas del divino amor el fuego!

(Ibid., vv. 286-294)

En suma, se trata de una concordancia entre los versos elegíacos de Garcilaso y la virtud fundamental que propugna el estoicismo para llegar a la inmunidad del sabio a cualquier ultraje y ofensa. Atendiendo a Séneca en su *De constantia sapientis*, el sabio está siempre acompañado de su virtud, por eso ningún ultraje físico puede causarle ni dolor ni perjuicio; y por esta virtud, el sabio es superior a todos, y todas las ofensas orales a él son inferiores; así no pueden ensañarse con él mismo, ni afectar su virtud. Los estoicos siempre destacan la trascendencia de la razón, el poder del yo (solitario pero libre), y el fundamento del que se configura la sabiduría. A saber, el impulsor que acerca el alma a la virtud de la impasibilidad, a la capacidad de la autoconciencia y a la actividad de la reflexión interior[1]. De modo que se goza de la felicidad no dependiente de la posesión de los bienes exteriores.

Durante el proceso de la sedimentación, o mejor dicho, durante el ejercicio de la razón, la gente cavila sobre la esencia de los asuntos. Es

---

[1] Véase el *De constantia sapientis* (*Sobre la firmeza del sabio*) de Séneca, en *Sobre la firmeza del sabio. Sobre el ocio. Sobre la tranquilidad. Sobre la brevedad de la vida*, introducción, traducción y notas de Fernando Navarro Antolín, Madird, Alianza, 2010, pp. 95-136, sobre todo pp. 105-106 y 110-115.

decir, el sentido verdadero del amor, conforme al tema que abordamos en el presente trabajo de estudio. Garcilaso en su epístola dirigida a Boscán, delibera sobre la cuestión de la amistad, reflejando su interiorización del amor. Se desengaña de que el amor sea un gozo puro y propio de la trayectoria del amar (hacer el bien), y no consista en la intención del ser amado, ni por medio de un formalismo ritual (como se trata en el marco anterior del tema cortesano), en la búsqueda de la unión final:

> [...] hallo que'l provecho, el ornamento,
> el gusto y el placer que se me sigue
> del vínculo d'amor, que nuestro genio
> enredó sobre nuestros corazones,
> son cosas que de mí no salen fuera,
> y en mí el provecho solo se convierte.
> Mas el amor, de donde por ventura
> nacen todas las cosas, si hay alguna,
> que a vuestra utilidad y gusto miren,
> es gran razón que ya en mayor estima
> tenido sea de mí que todo el resto,
> cuanto más generosa y alta parte
> es el hacer el bien que el recebille;
> así que amando me deleito, y hallo
> que no es locura este deleite mío.
>
> (Epístola, vv. 51-65)

Desde la extracción del alma y la meditación sobre la figura de la muerte, hasta la consideración de la virtud, el tema del amor sufre cierto retoque en su cultivo poético: el sentimiento pasional y furioso convertido en un razonamiento reflexivo y filosófico, y el aprecio materialista de las figuras físicas y los fenómenos visibles transformado en una contemplación serena de las imágenes incorpóreas y las ideas inteligibles. De ahí, la espiritualización.

C. Espiritualización

Conforme al pensamiento platónico, el amor es una fuerza inclinada a lo bello, y la belleza auténtica e impecable no existe en ningún objeto individual (ya que es sólo una ilusión proyectada), sino en la belleza en sí, que se encuentra en el mundo superior de las Ideas, o mejor dicho, en el conocimiento dedicado a lo bello. De modo que el amor consiste en un impulso de ascenso, elevando el alma del practicante desde la búsqueda de la belleza material y corpórea hasta la búsqueda de la belleza inteligible y abstracta. En el *Banquete*, por medio del debate entre Sócrates y Agatón, el dicípulo del anterior refleja su idealismo sobre el tema del amor, expuesto originalmente por otro personaje ausente del mismo diálogo, la extranjera de Mantinea, Diotima:

> Por consiguiente, cuando alguien asciende a partir de las cosas de este mundo mediante el recto amor de los jóvenes y empieza a divisar aquella belleza, puede decirse que toca casi el fin. Pues ésta es justamente la manera correcta de acercarse a las cosas del amor o de ser conducido por otro: empezando por las cosas bellas de aquí y sirviéndose de ellas como de peldaños ir ascendiendo continuamente, en base a aquella belleza, de uno solo a dos y de dos a todos los cuerpos bellos y de los cuerpos bellos a las bellas normas de conducta, y de las normas de conducta a los bellos conocimientos, y partiendo de éstos terminar en aquel conocimiento que es conocimiento no de otra cosa sino de aquella belleza absoluta, para que conozca al fin lo que es la belleza en sí[1].

Aunque en este trabajo de investigación no trato de basarme en el plano metafísico, comentando el razonamiento de manera filosófica, me gustaría servirme del concepto trascendental de Platón para comprobar el proceso de espiritualización del amor en la obra de Petrarca, y constatar la influencia profunda y amplia que Garcilaso ha recibido del maestro italiano.

En el *Secretum*, un tratado de carácter sermoneador y reflexivo, Petrarca expone una serie de declaraciones para poner de relieve su insistencia en

---

[1] Platón, *Banquete*, en *Diálogos*, cit., p. 264.

la ascenso del amor profano, especialmente en el Libro Tercero. En primer lugar, se nota que mediante una discusión entre Agustín y Francesco, el poeta critica a los amantes convencionales que no saben ni distanciarse de sus sensaciones, ni contenerse en su mente, y en los cuales nacen los apegos pasionales a su amor:

> Fr. [...] si la flor de la juventud se marchitaba a ojos vistas con el correr del tiempo, también con los años habría aumentado el atractivo del alma— y ese mismo atractivo por donde mi amor empezó me hizo perseverar después en él. De no ser así, si me hubiese yo retirado a la zaga del cuerpo, mucho atrás habría llegado el momento de cambiar de propósito.
>
> Ag. ¿Te burlas de mí? Si esa misma alma habitara en un cuerpo chupado y huesudo, ¿acaso te gustaría como te gusta?
>
> ....
>
> Ag. Buscas apoyos verbales: si sólo eres capaz de amar lo que salta a la vista, ello indica que amaste su cuerpo. No negaré, sin embargo, que también su alma y su conducta hayan alimentado tus llamas, pues incluso su simple nombre— como diré en seguida— ha favorecido no poco, mejor, ha favorecido enormemente tus desvaríos. Ocurre, en efecto, con todas las pasiones del ánimo, pero con ésta muy en particular: a menudo son chispas mínimas las que provocan los grandes incendios.
>
> Fr. Veo dónde me llevas, a confesar con Ovidio: *tanto he amado el cuerpo como el alma*.
>
> Ag. Esto otro deberás confesar también: a ninguno de los dos has amado con bastante mesura, a ninguno de los dos como era justo[1].

Aparte de la represión contra el sentido embriagado por la belleza del objeto visible y presente, el poeta cuestiona las emociones negativas (los dolores y las aflicciones) que conciben los galanes durante su búsqueda del amor:

> Quizá [a tu ánimo] lo hayas mitigado y calmado, pero desde luego aún no se ha apagado tu fuego. ¿Acaso tú, que en tanto tienes a tu amada,

---

[1]   Francesco Petrarca, *Secreto mío...*, cit., pp. 107-108.

no adviertes hasta qué punto te condenas a ti mismo al absolverla a ella? Pase confesar que ella ha sido santísima, mientras tú te confieses insensato y malvado; ella, tambié, la más feliz, mientras tú, por culpa de su amor, el más desgraciado. Pues por ahí empecé, recordarás[1].

Y en último, menosprecia, aún más, los placeres y arrebatos que surgen por las sensaciones, y toma como indecencia la esperanza de la correspondencia amatoria, a saber, el deseo de coincidir con el favor de la amada:

> A nadie debe sorprender que sea tan poderoso el tal sentimiento en el pecho de los hombres: a los demás pecados os incitan la belleza del objeto, el placer que esperáis al disfrutarlo y la violencia de vuestro propio deseo; pero en el amor se da todo ello al mismo tiempo y además las llamas del afecto son recíprocas —que si se pierde por completo la esperanza de correspondencia, el mismo amor se debilita. En efecto, mientras en los demás casos únicamente amáis, en éste también sois amados, vuestro pecho mortal se agita según alternan los estímulos; no parece, pues, equivocarse nuestro admirado Cicerón cuando dice que «de todas las pasiones del espíritu sin duda ninguna es tan furiosa como el amor»[2].

Aquí hallamos una opinión concordante con la invectiva seria que ha lanzado Agustín contra lo vicioso y presumido del tema convencional. Después de escuchar el elogio de Francesco a la belleza y la virtud de su amor, el sabio declara con préstamo de Virgilio ("los amantes se fingen sus ensueños ellos mismos"[3]), y también en palabras suyas:

> Su belleza, sí, se te antojó tan halagüeña, tan dulce, que con los calores del deseo ardiente y las continuas lluvias de las lágrimas ha agostado en ti toda mies que prometieran tus nativas semillas de virtud. Que ella te haya apartado de toda vileza, eso es presunción tuya equivocada; quizá te alejara de muchas, pero te ha empujado a mayores desgracias. [...] Igual ha hecho contigo esa mujer a la que celebras

---

[1] Ibid., p. 111.

[2] Ibid.

[3] Ibid., p. 105. Verso original de Virgilio, *Bucólicas*, VIII, v. 108.

como guía: separándote de muchas basuras, te ha precipitado en un espléndido abismo. Dices que te constriñó a contemplar las alturas, que te separó del rebaño del vulgo: ¿qué fue eso sino convertirte en su sumiso galán y, por preso en la dulzura de una sola, reducirte al desprecio y al desdeñoso descuido de todas las demas cosas? —y ello, no lo ignoras, es el mayor obstáculo para la convivencia[1].

Al tratar sintéticamente de los textos fragmentarios que se escogen del *Secretum*, observamos que Francesco muestra el amor de raigambre en el contexto convencional: dependiente del objeto en el mundo exterior, de carácter cambiante según el fenómeno de la realidad objetiva, y con esperanzas del encuentro físico con lo bello. Esto es, en la perspectiva platónica, un sentir no perteneciente al amor auténtico, ni experimentar la trayectoria del ascenso. Es decir, la falta del proceso de espiritualizar el amor. Tenemos en cuenta que en realidad, lo que pone de manifiesto Petrarca en su tratado del amor, no es el objeto del ser amado (sea la belleza física, sea la virtud interior), sino la mentalidad espiritual del amante, como amonesta él mismo sucintamente en el desenlace del Libro Primero, citando ideas de Cicerón: "Nada llegaban a ver con el espíritu, todo lo referían a los ojos; frente a ello, se requiere un gran talento para apartar el espíritu de las sensaciones y distanciar el pensamiento de lo común"[2].

Ahora bien, como hemo mencionado en los apartados anteriores, el poeta-amante, tanto Petrarca como Garcilaso, refleja la intelectualización expresiva en sus poemas, y muestra el raciocinio estoico ante el asalto de la muerte. Sin embargo, el "gran talento" que ha indicado el filósofo romano en el último párrafo, ¿sólo denota la mente serena, o sea, el quietismo? No absolutamente. A mi modo de ver, para llegar a espiritualizar el tema del amor, la imaginación también desempeña un papel imprescindible en toda la trayectoria, ya que es una fuerza fomentadora, separando lo bello de toda materia, y a la vez, dando lugar a la formación de lo bello idealista, el bien supremo. Según dilucida Castiglione por boca del poeta Pietro Bembo en *Il*

---

[1] Ibid., p. 106.

[2] Ibid., pp. 64-65. Frase original de Cicerón, *Tusculanas*, I, 16.

cortegiano,

> por huir el tormento desta ausencia y gozar sin ninguna pasion la hermosura, conviene que el Cortesno, ayudado de la razón, enderece totalmente su deseo a la hermosura sola, sin dejalle tocar en el cuerpo nada, y cuanto más pueda la contempla en ella misma simple y pura, y dentro en la imaginación la forme separada de toda materia, y formándola así la haga amiga y familiar de su alma, y allí la goce, y consigo la tenga días y noches en todo tiempo y lugar sin miedo de jamas perdella, acordándose siempre que el cuerpo es cosa muy diferente de la hermosura, y que no solamente no le acrecienta, mas que le apoca su perfición; [...] no sentirá los tormentos de las partidas ni de las ausencias, porque consigo se llevará siempre en su corazón su tesoro, y aún con la fuerza de la imaginación se formará dentro en sí mismo aquella hermosura mucho más hermosa que en la verdad no será[1].

De ahí que se deriven dos cuestiones: el ambiente donde se forma la imaginación, y la imagen que se proyecta en la imaginación. En el contorno de la Muerte y Fama de Petrarca y el elegíaco-horaciano de Garcilaso, se advierte cierta similitud de expresión, que consiste en el empleo del sueño como medio de la espiritualización, y el cultivo del *beatus ille* como encuentro de la hermosura en otro mundo superior e inteligible, libre de los límites del objeto. Por eso, en los apartados que siguen, me dedico a observar los dos elementos principales que adoptan los poetas, para indagar en los procedimientos de insuflar vida espiritual al tema de amor.

1) *Contexto del sueño.* Después de la muerte de Laura, Petrarca imagina un nuevo encuentro con su amor casto y virtuoso en el sueño, sintiendo su presencia vívida:

> La notte che seguì l'rribil caso
> che spense il sole, anzi 'l ripose in cielo,
> di ch'io son qui come uom cieco rimaso,
>
> spargea per l'aere il dolce estivo gelo

---

[1] Baltasar de Castiglione, *op. cit.*, pp. 445-446.

che con la bianca amica di Titone
suol da' sogni confusi tôrre il velo,

   quando donna sembiante a la stagione,
di gemme orïentali incoronata,
mosse ver' me da mille altre corone.

(TM II, vv. 1-9)

[La noche que siguió al horrible caso / que apagó al sol, llevándoselo
al cielo, / a causa de lo cual ciego me encuentro, / corría el fresco
aire del verano/ que con la blanca amiga de Titono / el velo de los
sueños clarifica; / una mujer entonces como el alba, / coronada
de perlas orientales, / vino hacia mí por entre mil corona.]

Al hablar con ella, percibe su mayor modestia y sabiduría ("così, pensosa,
in atto humile e saggio" [así, seria, con gesto humilde y sabio], Ibid., v. 16).
Entretanto, Laura como si estuviese santificada y poseyera conocimiento
filosófico, igual que la figura de Agustín en el *Secretum*, da una lección sobre
la muerte al poeta, y aclara sus dudas:

   «Viva son io, e tu se' morto anchora»,
diss'ella «e sarai sempre, infin che giunga
per levarti di terra l'ultima hora.»

(Ibid., vv. 22-24)

[«Viva estoy», respondió, «mas todavía / muerto tú seguirás hasta que
llegue / la hora que te arranque de la tierra.»])
....

   Ed io: «Al fin di questa altra serena
ch'á nome vita, che per prova il sai,
deh, dimmi se 'l morir è sì gran pena.»

   Ripose: «Mentre al vulgo dietro vai
ed a la opinïon sua cieca e dura,
esser felice no puoi tu gia mai.»

(Ibid., vv. 28-33)

[Y yo le dije: «Al fin de todo esto, / a lo que llaman vida, y tú lo sabes, /

dime, pues, si morir es tan horrible.» Y respondió, «Mientras al vulgo
creas / y sigas su opinión obtusa y ciega, / llegar a ser feliz no podrás
nunca.»]

En el terreno onírico, el poeta supone que él mismo se queda más cuerdo,
en contrase con su estado "cieco" en la realidad circunstante donde se halla.
Aparte de los avatares psíquicos del protagonista, la figura de Laura se
presenta aún más racional y honorable. Según evidencia ésta, con respecto a
la diferencia de sus sentires en vida y después de la muerte, ante la muestra
amorosa del primero:

> «S'al mondo tu piacesti agli occhi mei,
> questo mi taccio; pur quel dolce nodo
> mi piacque assai che 'ntorno al cor avei;
>
> e piacemi in bel nome, se vero odo,
> che lunge e presso col tuo dir m'acquisti;
> né mai in tuo amor richiesi altro che 'l modo.»
>
> (Ibid., vv. 127-132)

[«Si cuando yo vivía me gustabas, / no lo quiero decir; aunque bastante
/ el amoroso nudo me gustara; / y me gusta la fama que me logras, /
si es cierto lo que escucho, con tus versos, / que sólo de tu amor pedí
mesura.»]

Atendiendo a estos versos, deberíamos atribuir el sueño a un contexto
deliberado que Petrarca planea para elevar los sentimientos, retirarlos de las
ataduras sociales (el código convencional) y sublimarlos en la realidad de su
fuero íntimo. Definitivamente, el sueño ofrece descanso a todos los sentidos,
detiene todas las actividades del mundo exterior, y deja tranquilo el espíritu
para que destile las impurezas, alcance el meollo, y revitalice. En la tercera
parte de los *Dialoghi d'amore*, León Hebreo expresa el mismo sentimiento
al tratar del origen del amor. Arranca el diálogo con una charla burlesca y
jocosa entre los dos interlocutores Sofía y Filón, declarando que la apariencia
femenina puede incitar a las pasiónes sensuales. En seguida, Filón asume el
liderazgo del hilo de pensar, afirmando la función tranquilizadora del sueño

para los aspirantes al amor. He aquí el fragamento original de la discusión:

> Sofía. ¿Cómo puede el pensamiento abstraer al hombre de los sentidos más que el sueño, que lo echa por tierra como un cuerpo sin vida?
>
> Filón. El sueño más aína causa vida que la quita, lo que no hace la éxtasis amorosa.
>
> Sofía. ¿De qué manera?
>
> Filón. El sueño nos restaura de dos maneras, y para dos fines fue de la naturaleza producido: el uno, para hacer quietar el instrumento de los sentidos y los movimientos exteriores porque no se resuelvan y consuman con los continuos trabajos de la vigilia; y el otro, para poder servirse de la naturaleza de sus espíritus y calor natural en la digestión del manjar, que para hacerlo perfectamente, induce el sueño para el cesar de los sentidos y movimientos exteriores, atrayendo los espíritus a lo interior del cuerpo, por ocuparse justamente con todos en la nutrición y restauración animal. [...] Pero la enajenación hecha por la meditación amorosa es con privación de sentido y movimiento, no natural, sino violento; ni los sentidos reposan con ella, ni el cuerpo se restura, antes se impide la digestion y se consume la persona. Así que si el sueño me excusara de no haberte hablado y visto, mucho más debe excusarme la enajenación y éxatsis amorosa[1].

Bástenos decir que el raciocinio constituye una fuerza reflexiva que lucha activa y dinámicamente contra la degradación de los sentidos. Y entretanto, el sueño forma un ambiente sedimentario que acoge las emociones agitadas y turbias, y al mismo tiempo provee una fuerza tan estática como virtuosa, dedicada a curar las enfermedades que se causan en la realidad social, y suplementar las imperfecciones que se encuentran en la vida cotidiana. En su Elegía I, cuando Garcilaso trata de aplacar la tristeza del Duque, además de aconsejarle en razón de lo inofensivo de la Muerte y la separación del alma del cuerpo, y amonestarle en nombre de guardar su fama y virtud propia,

---

[1]   Garcilaso Inca de la Vega, *Traducción de los «Diálogos de Amor» de León Hebreo*, edición y prólogo de Andrés Soria Olmedo, Madrid, Biblioteca Castro, 1996, pp. 233-234.

como hemos señalado en el apartado sobre el estoicismo (vid. pp. 67-79), le explica que mediante la experiencia onírica, encontrará de nuevo a su hermano fallecido, sintiendo a lo vivo la presencia de su imagen, y relegando al olvido sus dolores en el mundo corpóreo:

> Si acaso el trabajado pensamiento
> en el común reposo s'adormece,
> por tornar al dolor con nuevo aliento,
>
> en aquel breve sueño t'aparece
> la imagen amarilla del hermano,
> que de la dulce vida desfallece,
>
> y tú tendiendo la piadosa mano,
> probando a levantar el cuerpo amado,
> levantas solamente el aire vano,
>
> y, del dolor el sueño desterrado,
> con ansia vas buscando el que partido
> era ya con el sueño y alongado.
>
> (Elegía I, vv. 25-36)

Así, bajo la elaboración de nuestro poeta, de la cuestión del sueño se originan dos direcciones de desarrollo e interpretación. Por un lado, el sueño del pensador vivo. De función curativa, éste estará ampliamente abordado en su siguiente marco poético del bucolismo, acompañado de la soledad melancólica de los pastores-amantes. Conforme a Garcilaso, en la sugerencia de Salicio a Albanio, el enfermo por la ausencia del amor, opina que:

> y al que de pensamiento fatigado
> el sueño baña con licor piadoso,
> curando el corazón despedazado,
>
> aquel breve descansa, aquel reposo
> basta para cobrar de nuevo aliento
> con que se pase el curso trabajoso.
>
> (Égloga II, vv. 89-94)

Aún más, citando las ideas antiguas sobre la credibilidad y la posibilidad de los sueños enviados a través de una puerta de cuerno o de marfil[①], el poeta transmite el mensaje de que en este ambiente ficticio, pues, basado en las referencias realistas, la gente suele imaginar lo bello en el más alto grado, tratando de hallar la hermosura impecable:

> ¿Es esto sueño, o ciertamente toco
> la blanca mano? ¡Ah, sueño, estás burlando!
> Yo estábate creyendo como loco.
>
> ¡Oh cuitado de mí! Tú vas volando
> con prestas alas por la ebúrnea puerta;
> yo quédome tendido aquí llorando.
>
> (Ibid., vv. 113-118)

Y por otro lado, se trata del sueño de la muerte estoica. En él, de función reflexiva y exhortativa, se deposita la esperanza de la resurrección espiritual. Es una configuración idéntica al "sospir breve" que Petrarca refiere a la muerte (vid. el presente trabajo, pp. 86-87). Y según expone el poeta en la misma pieza funeraria:

> porque'l calor templado, que encendía
> la blanca nieve de tu rostro puro,
> robado ya la muerte te lo había;
>
> en todo lo demás, como en seguro
> y reposado sueño descansabas,
> indicio dando del vivir futuro.
>
> (Elegía I, vv. 124-129)

De ahí, un sueño con la muerte, y a la vez la muerte como un sueño. Eso es, un retorno al estado más primitivo y al espacio más puro, donde el discurrir del tiempo se muestra estático y los movimientos exteriores se ven paralizados, para abordar el tema de amor, dispensado de cualquier yugo

---

① Es un concepto helénico, que se refleja por primera vez en la *Odisea*, donde Penélope imagina el regreso de su marido, Ulises, en el sueño. Es más, según observa Bienvenido Morros, el mismo elemento poético se cultiva más tarde, bajo la pluma de Virgilio en su *Eneida* (VI, vv. 895-895) y Horacio en sus *Odas* (III, xxvii, vv. 40-42). Véase su nota textual, *op. cit.*, p. 153.

mortal. Este pensamiento nos evoca al mismo tiempo, el mito clásico de Orfeo en su aventura por el amor en el inframundo. El amante-músico, con sus cantos de lira tan encantadores como adormecedores, hace al espantoso perro Cerbero bajar la guardia del Tártaro, e inspira la simpatía a las crueles Furias. Al final, alcanza a entrar en el reino de Hades para rescatar a su amor fallecido, Eurídice. Todo el proceso de la resurrección parece ser una prueba de voluntad, puesto que Orfeo no puede llevarle a la vida hasta que pase completamente la ruta fantasmagórica, esto es, la desconexión total con el mundo exterior de fenómeno. Transcribo aquí la narración hecha por la renombrada especialista en mitología occidental, Hamilton, que sintetiza con destreza las obras de Virgilio y Ovidio:

> Entonces hicieron venir a Eurídice y se la entregaron, pero con una condición: que Orfeo no se volviera a mirarla mientras ella caminaba detrás de él, hasta que llegara al mundo exterior. Así pues, los dos cruzaron las grandes puertas del Hades y siguieron el camino que les sacaría de las tinieblas, siempre cuesta arriba. Orfeo sabía que ella estaba justo detrás de él, pero se moría de ganas de echar un vistazo para asegurarse. Casi habían llegado ya: las tinieblas daban paso al gris y enseguida Orfeo, lleno de júbilo, se vio bajo la luz del día. Entonces se volvió hacia ella... demasiado pronto. Eurídice aún no estaba fuera de la caverna. Él la vio en la penumbra, y extendió los brazos para sujetarla, pero en ese instante la muchcha despareció. Se había deslizado de nuevo en la oscuridad. Orfeo sólo alcanzó a oír una palabra ahogada: "Adiós..."[1].

A pesar de que en el desenlace del cuento se expone una resulta negativa, contraria al anhelo del ejecutor de sueño-amor en el recinto de la Muerte, el argumento mítico nos impresiona con su ideología positiva de que la gente en un estado tan paralizado y tan ensimismado, sin perturbaciones externas

---

[1]   Edith Hamilton, *Mitología. Todos los relatos griegos, latinos y nórdicos*, traducción de Carmen Aranda, ilustraciones de Abraham Lacalle, Madrid, Turner, 2008, p. 136. Y en torno al relato más detallado de los amantes, véase Ovidio, *Metamórfosis*, edición y traducción de Consuelo Alvarez y Rosa María Iglesias, 4ª ed., Madrid, Cátedra, 2001, Libro X, vv. 1-70 (pp. 551-556), especialmente vv. 40-65 (pp. 554-556).

como el dormir profundo, puede recuperar la ausencia de las cosas, incluso la vida. Por lo demás, se halla otra equiparación entre el sueño y la muerte en las anotaciones de Herrera, que ha resumido las ideas de varios autores clásicos:

> Y declara Plutarco en la consolatoria a Aplonio, que Homero llamó al sueño hermano de la muerte, por la semejanza que se tiene [...]. Y piensa el mismo Eustacio que el sueño fue prudentemente llamado hermano de la muerte, porque el uno y otro hacen descansar, y deponer el trabajo, porque la muerte aparta la alma, y el sueño la comprime, y aquélla arrebata de todo punto el sentido, y éste lo suspende a tiempo[1].

En consecuencia, el contexto del sueño goza de un doble sentido, tanto del reposo físico, como del purgatorio espiritual. Cuando Herrera comenta el sueño en los versos garcilasianos, retrocede a su acepción propia en griego ὕπνος, similar al λύπονος, que denota el "desatador del trabajo", y también hace préstamo del pensamiento de Plinio en cuanto a su relación con la vigilia, para comprobar el papel intermediario del sueño entre nuestro sentido corporal y sentido espiritual:

> [El sueño es] un receso y apartamiento del ánimo en medio de sí mismo; o es vuelta de los espíritus a las partes interiores, los cuales tornan a salir por la vigilia, o, como quieren otros, un vior y confortamiento del sentido espiritual, que es el interior y vínculo del sentido corporal, o cesación de los sentidos, o desfallecimientos y desmayo del espíritu sensible. Y así como el sueño es vínculo y ligadura de la mente con impedimento de ambos sentidos, así es la vigilia libertad de la mente, o impedidos los sentidos o libres[2].

Sea cualquiera, el sueño concede una nueva vida tan integral como espiritual al objeto imperfecto y ausente en la realidad física. En suma, mediante el contorno onírico, que cuenta con el mismo mecanismo de la contemplación razonable, se llega a sublimar el concepto de la materia, según dilucida León

---

[1]   Fernando de Herrera, *Comentarios...*, cit., p. 362, H-114.

[2]   Ibid., p. 504, H-510.

Hebreo, porque el sueño y la contemplación igualmente desamparan y privan el sentido y movimiento; pero el sueño los desampara, haciendo fuerte la virtud nutritiva, y la contemplación los desampara haciendo fuerte la virtud cogitativa. También son semejantes, porque ambos retiran el espíritu de lo exterior a lo interior del cuerpo[1].

2) *Beatus ille*. A lo largo del consecutivo triunfo de las fuerzas naturales, la Muerte, bajo el cultivo petrarquesco, domina en un terreno introspectivo, en el que se trata de la purificación espiritual como un dilatado camino, con una serie de ajuste intelectual, entrenamiento de la mentalidad, y forjadura de la volutad. Así, el conjunto ambiental, a mi modo de ver, presenta una tonalidad seca y solemne, junto con un matiz grisáceo, como el escenario dantesco en el *Purgatorio*, donde el viajero pensador se somete a la *catharsis* de varias lecciones morales. Pues, cuando se alcanza el final de la trayectoria contribuyente a la reflexión, la atmósfera externa se muestra bien iluminada, contraria a la penumbra de la Muerte, "che 'l lume di beltate spento avea" [que la luz extinguió de la belleza] (TF I, v. 6), según exterioriza el poeta en su *Triumphus Fame*:

> quando, mirando intorno su per l'erba,
> vidi da ll'altra parte gigner quella
> che trae l'uom del sepolcro e 'n vita il serba.
>
> Qual in sul giorno un'amorosa stella
> suol venir d'orïente innanzi al sole,
> che s'accompagna volentier con ella,
>
> cotal venia. Ed, oh! Di quali scole
> verrà il maestro che discriva a pieno
> quel ch'io vo' dire in simplici parole?
>
> Era d'intorno il ciel tanto sereno
> che per tuto il desir ch'ardea nel core
> l'occhio mio non potea non venir meno.
>
> (Ibid., vv. 7-18)

---

[1]   Garcilaso Inca de la Vega, *op. cit.*, p. 235.

[cuando vi que llegaba de otro lado / aquella que a los hombres salir hace / del sepulcro de nuevo hacia la vida. / Como en el alba una amorosa
estrella / al salir por oriente al sol precede, / que con gusto con ella se
acompaña, / así venía. Y, ¡ay!, ¿de qué escuela / será el maestro que
diga plenamente / lo que voy a contar con simples frases? / Sereno
estaba el cielo de tal forma / que aunque ardía en el pecho mi deseo / se
quedaron mis ojos deslumbrados.]

De hecho, atendiendo al lirismo poético, los avatares del mundo circunstante
siempre se efectúan sincrónicamente con el mundo interior del actuante. De
forma que, tras el largo camino de reflexión y razonamiento, en la siguiente
parte del mismo *Triumphus*, Petrarca, en compañía del alma iluminada,
refleja el desengaño profundo de su propia ignorancia:

> Pien d'infinita e nobil meraviglia
> presa a mirar il buon popol di Marte,
> ch'al mondo non fu mai simil famiglia,
>
> giungea la vista con l'antiche carte
> ove son gli alti nomi e' sommi pregi,
> e sentiv'al mio dir mancar gran parte.
>
> (TF II, vv. 1-6)

[Con infinita y noble maravilla / al contemplar de Marte la gran gente,
/ que nunca estirpe igual hubo en el mundo, / confrontaba lo visto
con los libros, / llenos de claros nombres y de méritos, / y sentí la
ignorancia en que me hallaba.]

Y más adelante, exhibe una grey intelectual que "s'acquista ben pregio altro
che d'arme" [no se gana honor sólo con armas] (TF III, v. 3). Son personajes
más relacionados con su identidad del hombre de letras, especialmente los
escritores grecolatinos, así como Homero, Virgilio y Cicerón. Y por medio
de su admiración por estos, el poeta laureado deja atisbar las hazañas que
espera conseguir:

[...] quello ardente
vecchio a cui fur le Muse tanto amiche
ch'Argo e Micena e Troia se ne sente.

Questo cantò gli errori e le fatiche
del figliuol di Laerte e d'una diva,
primo pintor de le memorie antiche.

A ma a man con lui cantando giva
il mantovan che di par seco giostra,
ed un al cui passar l'erba fioriva:

questo è quel Marco Tullio, in cui si mostra
chiaro quanti eloquentia à frutti e fiori.
Questi son gli occhi de la lingua nostra.

(Ibid., vv. 10-21)

[... aquel viejo / tan brillante y amigo de las musas, / como saben
Micena, Troya y Argos. / Él cantó las andanzas y fatigas / del hijo de
Laertes y una diosa, / pintor primero de la vieja historia. / A su lado
con él cantando iba / el de Mantua, que en mérito le iguala; / y aquél a
cuyos pasos florecían / los campos: Marco Tulio, en quien se muestra
/ cuanto de flores tiene la elocuencia. / Éstos los ojos son de nuestra
lengua.]

¿Trata de exponer Petrarca con estos versos una simple envidia y
veneración que tiene hacia los ilustres, o quiere transmitir otro intento
más implícito en su intimidad? Creo que es el segundo enunciado. Desde
la insatisfacción real hasta la aspiración ideal, en el fondo del itinerario de
búsqueda, se proyecta por lo general una complacencia de la belleza excelsa,
la cual es el supuesto *beatus ille*. En el caso que abordamos, podemos decir
que Petrarca querría hacerse uno de los "occhi de la lingua nostra", por
medio de la elaboración literaria como los autores clásicos.

En definitiva, el presente tema, sacado originalmente del Epodo II de
Horacio, es la fuente principal del horacianismo en España[1]. En la Edad
Media, fue adoptado por Hita en su afamado *Libro de buen amor*, y después
fue parafraseado por Santillana en su *Comediata de Ponza*. Sin embargo,

---

[1] Cfr. Grant Showerman, *Horace and His Influence*, Nueva York, Cooper Square, 1963, p. 118.

los aspectos de su quietismo espiritual no fueron explorados bien hasta el Renacimiento. En especial con la elaboración de Garcilaso, el tópico latino ampliaba su influencia hasta en las obras bucólicas y religiosas.

Antes de adentrarme en la destreza del "Príncipe de los poetas castellanos", supongo que sería mejor detenernos en comprender lo que se ha abordado, tanto en el texto original del tópico, como en los versos antecedentes de la época finimedieval. Horacio, en su Epodo II, habla de un usurero que, al recobrar las deudas a los campesinos, está conmovido por la vida apartada de los inconvenientes y molestias urbanas. Ya que por ésa, gozaría de los abrazos de la Naturaleza, por ejemplo de los árboles, surcos, prados de verdor perenne, bosques, valles, rebaños errantes y pájaros, y también disfrutaría de un dulce dormitar en las frondas del arroyo. Por lo tanto, prefería ser un labriego en el campo que seguir su vida rutinaria en la ciudad. Así constituye el núcleo temático, con el verso inicial de la misma pieza latina: "Beatus ille, qui procul negotiis..." [Feliza aquel que, sin negocio alguno...][1].

La primera muestra más renombrada de la distinción entre la vida ciudadana y la campestre sería el cuento "del mur de Monferrado y del mur de Guadalfajara" de Hita. El roedor de la villa tiene manjares buenos y sabrosos, como queso y tocino lardo, pero pasa una vida con inestabilidad y terror. El de la aldea, en cambio, pese a sus alimentos frugales y groseros, como las habas con las que convida al ratón primero, goza de más complacencia en su vida. Entonces, el autor por boca del segundo, comenta que:

> Más quiero roer fava, seguro e en paz,
> que comer mill manjares, corrido e sin solaz;
> las vïandas preçiadas con miedo son agraz:
> todo es amargura do mortal miedo yaz.

(copla 1381)

---

[1]   Horacio, *Odas y Epodos*, ed. bilingüe de Manuel Fernández-Galiano y Vicente Cristóbal, trad. Manuel Fernández-Galiano, introducción general, introducciones parciales e índice de Vicente Cristóbal, Madrid, Cátedra, 1990, pp. 388-389.

....

Con paz e segurança es rica la pobreza,
al rico temerosa es pobre la riqueza:
sienpre tiene reçelo e, con miedo, tristeza;
la pobredat alegre es segura nobleza.

(copla 1384)[1]

A través del contraste entre la riqueza humilde y la pobreza alegre, Hita
pone de relieve la vida con "paz e segurança" como su tema del *beatus ille*.
Además, el cuatrocentrista Santillana opina sobre la imperturbabilidad de
los labradores, cazadores y pescadores, que son horros de codicia y vanidad
profana ante las seducciones, y gozan de sentidos libre frente a los temores.
Y mientras tanto, se sirve de alabanzas a la paciente pobreza y loas de los
servicios bajos y serviles para presentar su perspectiva en torno al tópico.
Aquí son los versos sucesivos, de forma tan simétrica como la vida simple y
regular de los trabajadores, entre las coplas XVI y XVIII de su *Comedieta*:

»Benditos aquellos que con el açada
sustentan su vida e viven contentos,
e de quando en quando conosçen morada,
e sufren pacientes las lluvias e vientos,
ca estos non temen los sus movimientos,
nin saben las cosas del tiempo passado,
nin de las presentes se fazen cuidado,
nin las venideras dó han nasçimientos.

»Benditos aquellos que siguen las fieras
con las gruessas redes e canes ardidos,
e saben las trochas e las delanteras
e fieren del arco en tiempos devidos,
ca estos por saña non son comovidos,
nin vana cobdiçia los tiene subjectos;
nin quieren thesoros nin sienten defectos,
nin turban themores sus libres sentidos.

»Benditos aquellos que, quando las flores

---

[1]   Juan Ruiz, Arcipreste de Hita, op. cit., pp. 350 y 351.

se muestran al mundo, deçiben las aves,
e fuyen las pompas e vanos honores,
e ledos escuchan sus cantos süaves.
Benditos aquellos qu'en pequeñas naves
siguen los pescados con pobres traínas,
ca estos non temen las lides marinas,
nin çierra sobr'ellos Fortuna sus llaves[1].»

En Garcilaso, heredero de esa vida sosegada y estable que se exhibe en el *Libro* del Arcipreste, así como del carácter tenaz e impertérrito de los trabajadores que se refleja en la creación del Marqués, es perceptible su embriaguez en la tranquilidad, soledad y espontaneidad que aporta el tema horaciano. Y su expresión más evidente, al parecer, radica en la estrofa que se inicia con el verso "¡Oh bienaventurado...!" (Elegía I, v. 289), como hemos mencionado en el apartado en cuanto a la impasibilidad del sabio estoico (vid. el presente trabajo, pp. 96-99). Otro ejemplo obvio, asimismo identificado por el uso del término "bienaventurado", se encontrará en el siguiente contexto de pastorela, donde el pastor Salicio, recién recuperado de sus dolores internos, canta con holganza en compañía del paisaje ameno:

¡Cuán bienaventurado
aquél puede llamarse
que con la dulce soledad s'abraza,
y vive descuidado
y lejos d'empacharse
en lo que el alma impide y embaraza!
No ve la llena plaza
ni la soberbia puerta
de los grandes señores,
ni los aduladores
a quien la hambre del favor despierta;
no le será forzoso

---

[1] Marqués de Santillana, *Comedieta de Ponza, sonetos, serranillas y otras obras*, ed prólogo y notas de Regula Rohland de Langbehn, con un estudio preliminar de Vicente Beltrán, Barcelona, Crítica, 1997, pp. 140-142, vv. 121-144.

roger, fingir, temer y estar quejoso.

(Égloga II, vv. 38-50)

Sin embargo, a mi modo de ver, el poeta toledano no ciñe su cultivo magistral del *beatus ille* en la mímesis literal, ni en la contraposición entre la vida urbana y la rural, sino que integra el espiritualismo de la poesía petrarquesca en la expresión de su afán por subir al cielo, adonde él mismo eleva a los personajes fallecidos con fama y virtud. En su Elegía I, proclama que en el mundo celestial, o en términos de sus versos, "en la dulce región del alegría, / do con discurso libra ya y seguro" (vv. 261-262), la gente con los horizontes más amplios, comprenderá la pequeñez y la vanidad de todo lo terrenal, y no sentirá el discurso del tiempo:

> Mira la tierra, el mar que la contiene,
> todo lo cual por un pequeño punto
> a respeto del cielo juzga y tiene;
>   puesta la vista en aquel gran trasunto
> y espejo do se muestra lo pasado
> con lo futuro y lo presente junto...

(Ibid., vv. 280-285)

Y la imagen de "aquel gran trasunto y espejo", conforme a Morros, consiste en las tres ruedas de la Fortuna, que es una idea asimilada del *Laberinto de Fortuna*[1]. Mientras que unos comentaristas opinan sobre su préstamo de la tradición cancioneril, Herrera declara que es una "Perífrasis de la mente divina"[2]. Ambos supuestos son fidedignos. Bástenos declarar que Garcilaso configura su *beatus ille* de esta manera: por medio de la vista macro cósmica y sensata (el razonamiento), se entera de la trivialidad de todas las cosas mundanas (el despego de la realidad física), y también descubre la fisonomía

---

[1] Cfr. Bienvenido Morros, nota textual, en *Obra poética...*, cit., pp. 110-111. Y con respecto a la expresión de Juan de Mena, véase su *Laberinto de Fortuna*, ed. Maxim. P. A. M. Kerkhof, 2ª ed. corregida, Madrid, Castalia, 1997, p. 123, vv. 457-459. Aquí son sus versos: "Saber te conviene / que de tres edades, te quiero dezir, / passadas, pressentes e de por venir".

[2] Fernando de Herrera, *op. cit.*, p. 447, H-347.

verdadera del destino, la inconstancia (el encuentro del bien intelectual). Y en el fondo del ascenso, ¿cuáles son los componentes del *beatus ille*? Al continuar la lectura hasta el final de la misma pieza, percibimos que Garcilaso aspira a hacer constante la poesía propia, tal y como el alma sublimada goza de la eternidad en la tierra ultramundana:

> Y si el cielo piadoso y largo diere
> luenga vida a la voz deste mi llanto,
> lo cual tú sabes que pretende y quiere,
>
> yo te prometo, amigo, que entretanto
> que el sol al mundo alumbre y que la escura
> noche cubra la tierra con su manto,
>
> y en tanto que los peces la hondura
> húmida habitarán del mar profundo
> y las fieras del monte la espesura,
>
> se cantará de ti por todo el mundo,
> que en cuanto se discurre, nunca visto
> de tus años jamás toro segundo
> será, desde'l Antártico a Calisto.
>
> (Ibid., vv. 295-307)

De ahí, una creación deliberada de igual arte que Petrarca, que a través del *beatus ille*, proyecta el intento auténtico en su fuero íntimo, como hemos indicado más atrás (vid. el presente trabajo, pp. 113-115). Lo aparente del motivo se transforma en el pretexto de la exposición interna. Lo explícito del argumento poético se convierte en lo alusivo del pensar profundo. En suma, el espiritualismo supremo.

Al concluir, cito palabras de Séneca en una de sus *Cartas a Lucilio*, para poner de manifiesto la importancia de la muerte con honor según la perspectiva de los estoicos. Así dice el filósofo al destinatario:

> la muerte no es gloriosa, pero es glorioso morir con entereza. Cuando
> tú dices «nada que sea indiferente es glorioso», te lo concedo, en el

bien entendido que todo aquello que es glorioso se refiere a cosas indiferentes, comprendiendo entre éstas, es decir, entre las que no son ni buenas ni malas, la enfermedad, el dolor, la pobreza, el destierro, la muerte. Ninguna de estas cosas es gloriosa en sí misma, pero nada lo es sin ellas[1].

Efectivamente, observando el proceso entero de la espiritualización del presente tema, Garcilaso ha hecho gloriosa la muerte de su amor, y concediéndole una nueva vida. Por medio de la contención métrica, la consideración léxica y la retirada de la subjetividad del *yo*, junto con las ideas estoicas y neoplatónicas, así como la ambientación del sueño y la configuración del *beatus ille*, el poeta conduce paso a paso sus creaciones desde lo profano hasta lo espiritual. Sin embargo, en la elaboración poética de sus intimidades, ¿ha reconocido la muerte como una salvación o liberación de esta vida angustiada? Es decir, detrás de su profundo espiritualismo, ¿se ha encubierto cualquier desapego a la vida terrenal, con la aspiración al mundo sobrenatural, para unirse con Dios como los místicos? Creo que no. A juicio de Arce, el poeta no ha teñido su estoicismo de ningún dogma católico ni doctrina metafísica[2]. Y según dilucida Green, el neoplatonismo de la época ejerce mayor función en la estética que en el pensamiento religioso[3]. Es más, el fecundo "inmenso y cristalino cielo" (Elegía I, v. 268), donde Bernardino encuentra a otros héroes, ya está bucolizado, más parecido "al infierno [con los Campos Elíseos] de Eneas en la *Eneida* que el paraíso dantesco"[4]. Por lo tanto, el amor de Garcilaso en su contexto mortuorio, aunque se haya espiritualizado, está aferrado siempre a la tierra, y a la vez, convive con el recuerdo y el alma de sí mismo, en espera del siguiente paso en su carrera poética: la aspiración a lo eterno.

De hecho, en la epístola dirigida a Boscán, el poeta ya ha expresado su

---

[1]   Séneca, "Carta LXXXII", *Cartas morales a Lucilio*, traducción directa del latín y unas notas prologales por Jaime Bofill y Ferro, tomo II, nueva edición, Barcelona, Iberia, 1986, p. 16.

[2]   En cuanto al paganismo y la ortodoxia del poeta, véanse sus constataciones en *Garcilaso de la Vega...*, cit., pp. 95-99.

[3]   Cfr. Otis H. Green, *op. cit.*, pp. 155-156.

[4]   Cfr. Eduardo Camacho Guizado, *op. cit.*, pp. 126 y 146.

pretensión en los versos que parecen objetivos. A mi modo de ver, con tres versos finales, citando la visita del monasterio en Aviñón donde se alza la inscripción conmemorativa al gran amor del poeta italiano[1], Garcilaso no sólo los utiliza para despedirse del destinatario al final de la carta, o para aludir a la fecha y el lugar de su redacción poética, sino para rendir homenaje a Petrarca. Y mientras tanto, se traslucen unos atisbos de su empeño, más allá de la espiritualización, de inmortalizar su poesía, tan viviente y tan constante como la chispa del maestro laureado:

> Doze del mes d'otubre, de la tierra
> do nació el claro fuego del Petrarca
> y donde están del fuego las cenizas.
>
> (Epístola, vv. 83-85)

---

[1]   Respecto a las anécdotas viajeras de Garcilaso que se reflejan en la misma epístola, véanse los estudios de Hayward Keniston (*op. cit.*, p. 130) y Rafael Lapesa (*La trayectoria...*, cit., pp. 149-150).

III. LEYENDA ETERNA

De cuatro ninfas que del Tajo amado
salieron juntas, a cantar me ofrezco:
Filódoce, Dinámene y Climene,
Nise, que en hermosura par no tiene.

(Égloga III, vv. 53-56)

Fig. 6. Triunfo del Tiempo, *reproducción de los grabados de la edición de Arnao Guillén, Logroño, 1521*[1].

① Fuente de la lámina: Francesco Petrarca, *Triunfos*, edición preparada por Jacobo Cortines y Manuel Carrera, Madrid, Editora Nacional, 1983.

Triumpho **dela Diuinidad.**

Fig. 7. Triunfo de la Eternidad, *reproducción de los grabados de la edición de Arnao Guillén, Logroño, 1521*[1].

---

[1] Fuente de la lámina: Ibid.

Durante el Renacimiento, a medida que avanzaba el descubrimiento de los cánones clásicos, el valor sobre las artes vuelve a ser examinado y afirmado por los intelectuales de la época[1]. Esto también fomenta el alzamiento de la conciencia individualista de los creadores, los cuales ya no elaboran las obras para la Iglesia o la aristocracia, sino que tratan de hacerlas tan perennes como los modelos ejemplares y los mitos grecolatinos, por medio de la imitación. Como dilucida Céspedes, gran humanista de la edad áurea: "Del usso del lenguaje del hablar o escrivir depende todo, supuesta la inteligencia, de la immitación, porque aquello que yo entiendo pudiendo dar raçon perfecta dello, puedolo facilmente immitar que es ponerlo a mi proposito"[2].

Según Aristóteles, todas las artes literarias y visuales comparten una característica en común, que consiste en su procedencia mimética: "omnes sunt imitaio in universum" [todas vienen a ser, en conjunto, imitaciones][3]. Además, remontándose a la naturaleza humana, declara que la gente es muy propensa a la imitación, y durante el proceso del aprendizaje mimético,

---

[1] Con respecto a los hallazgos e introducción del conocimiento clásico en el Occidente de Europa, véase el estudio de Paul Johnson, *El Renacimiento*, trad. Teófilo de Lozoya, Barcelona, Mondadori, 2001, pp. 57-60 y ss. Indica, en especial, cuatro hechos trascendentes que ponen de moda la Antigüedad y aumentan la formación de la erudición y literatura renacentista: 1) el seminario donde imparte clases el erudito griego Manuel Crisoloras en Florencia en 1397; 2) la contriubción de Guarino da Verona, quien queda unos años en el círculo de dicho erudito en Constantinopla, y regresa en 1408 a Italia, con 54 manuscritos en griego, incluidas obras de Platón; 3) el concilio ecuménico de Florencia en el decenio de 1430, donde la delegación griega trae muchos manuscritos importantes; 4) la corriente de migración en 1453, cuando los refugiados de Constantinopla huyen de la dominación turca.

[2] Baltasar de Céspedes, *Discurso de las letras humanas, llamado El humanista*, ed. Gregorio de Andrés, El Escorial, La Ciudad de Dios, 1965, p. 222.

[3] Aristóteles, Περί ποιητικῆς, *Ars poetica, Poética*, edición trilingüe por Valentín García Yebra, texto latino interpretado por Antonio Riccobono, Madrid, Gredos, 1974, p. 127 (1447a 15).

obtiene sus primeros conocimientos y disfruta con sus remedos. Es decir, tanto para el autor como para el espectador, la imitación es una búsqueda de inteligencia. En la elaboración artística, el primero repite y participa en los prototipos; el segundo, en el acto de la contemplación de las piezas de imitación, intenta averiguar de qué trata cada figura, para distinguirla de la horma primigenia[1].

De hecho, el arquetipo simboliza el ser y la realidad verdadera. A juicio de la gente con tal concepción "primitiva", el único modo de convertir un acontecimiento singular histórico en lo real y significativo es la imitación y la repetición de la forma arquetípica. En cambio, el resto de los asuntos, donde faltan modelos ejemplares, está deprovisto de sentido. Atendiendo a los estudios de la ontología arcaica de Eliade:

> Los hombres [primitivos] tendrían, pues, la tendencia a hacerse arquetípicos y paradigmáticos. Esta tendencia puede parecer paradójica, en el sentido de que el hombre de las culturas tradicionales no se reconoce como real sino en la medida en que deja de ser él mismo (para un observador moderno) y se contenta con *imitar* y *repetir* los actos de *otro*. En otros términos, no se reconoce como *real*, es decir, como «verdaderamente él mismo» sino en la medida en que deja precisamente de serlo[2].

La misma mentalidad se ha asimilado y llevado a efecto por bastantes eminencias a lo largo de la historia cultural. Un buen ejemplo de ellas sería Petrarca, quien imita a San Agustín, como éste a Jesucristo. En una carta (recopilada en sus *Familiares* IV), el poeta laureado registra su subida al monte Ventoso, y describe una de sus experiencias de la conversión espiritual, fechada en 1336. Sin embargo, según varias investigaciones acreditadas por la mayoría de los eruditos, Petrarca habría de ir de escalada en 1343, y a lo mejor redactó la epístola en 1353. ¿Esta antelación de la

---

[1] Véase el tratado explícito del mismo filósofo con respecto al "Origen y desarrollo de la poesía", Ibid., pp. 134-136 (1448b 5-18).

[2] Mircea Eliade, *El mito del eterno retorno. Arquetipos y repetición*, trad. Ricardo Anaya, 6ª reimpresión, Madrid, Alianza, 2009, p. 41.

fecha es una equivocación imprudente del autor, o tiene algún sentido alusivo? A mi parecer, sería poco posible que un creador tan honorable hubiese cometido un error irreflexivo. Sino que se trata de una manipulación consciente, o más específicamente, de una imitación deliberada. Según explica Morrás:

> En 1336 Petrarca tenía 33 años, la edad a la que san Agustín, siguiendo el modelo de Cristo, se había convertido. Como destinatario de la carta figura Dionisio del Santo Sepulcro, monje agustino, del que Petrarca había recibido el ejemplar de las *Confesiones* que tanto preciaba, el mismo que abre al azar al llegar a la cima y cuya lectura, al igual que le había sucedido a Agustín de Hipona con el *Hortensius* de Cicerón, le obliga a mirar a su interior. La subida a la montaña [...] representa también un proceso de ascesis que se hace eco de varios episodios bíblicos sin dejar de ser una cuidadosa y meditada emulación, vital y literaria, de los clásicos[1].

Durante el hecho, queda en evidencia su aspiración a lo eterno. Puesto que de acuerdo con Mircea Eliade, el discurso del tiempo secular se suprime mediante la repetición de los gestos paradigmáticos. Y entretanto, el hombre se proyecta a sí mismo en el tiempo mítico, donde se hace creador, como las deidades o héroes *in illo tempore*; su doctrina se convierte en realidad absoluta; y se ve perenne su empresa. Por lo demás, encuentra un mundo "abierto" que se revela como lenguaje, hablando con el hombre[2]; esto es, un retorno al estado primitivo, para realizar diálogos entre la Naturaleza y el ser humano. Igual manifestación refleja Petrarca en su marco poético de los *Triumphi Temporis* y *Eternitatis*, donde el autor observa el Sol, comprende la irreversibilidad del tiempo, y ubica el *axis mundi* (un terreno intemporal) en su interior, llegando a la eternidad.

Por otro lado, el poeta toledano llega a la cima de *imitatio* en su cultivo

---

[1] María Morrás, Presentación, *Manifiestos del humanismo*, de Petrarca, Bruni, Valla, Pico della Mirandola, Alberti, selección, traducción, presentación y epílogo de María Morrás, Barcelona, Península, 2000, p. 16.

[2] Cfr. Mircea Eliade, *op. cit.*, pp. 42-43. Y también su *Mito y realidad* [Título original: *Aspects du mythe*], trad. Luis Gil, 4ª ed, Barcelona, Kairós, 2009, pp. 135-138.

del marco pastoril. En la primera égloga, mimetiza a Virgilio en su *Bucólica VIII* para que los dos pastores canten sus peripecias de amor inalcanzable. En la segunda, adopta la forma de las aventuras odiseicas para narrar la historia de la casa de Alba. Y en la tercera, con el planteamiento del entorno olímpico, dibuja las escenas tristes del amor perdido. Todo esto refleja su entusiasmo por el arcaísmo. Además del préstamo antiguo, en la última pieza, Garcilaso se sirve de su propia vivencia como cimiento de la elaboración poética, yuxtaponiéndola con los mitos amatorios de Orfeo y Eurídice, Apolo y Dafne, Venus y Adonis, y crea así la leyenda española que se ambienta en su tierra natal. Con destreza, el creador supera la simple imitación, y transforma con éxito el expediente personal en una memoria colectiva. Ha experimentado la trayectoria de apropiación de los antiguos: la imitación, la emulación y la superación[1].

Por medio de la fábula mitológica, el poeta toledano participa de la manera de ser de los antiguos, con respecto a su conocimiento cósmico. Por una parte, lleva a cabo el acto de la recreación, debido a la repetición del prototipo; y por otra, sacraliza el tema profano, y transforma su amor en fábula mítica, hasta llevar su arte al plano de lo real por excelencia, o mejor dicho, de lo inmortal. Tal es la concepción acerca de la conducta ritual del *homo religiosus* y el modelo ejemplar, como opina Eliade:

> El mito relata una historia sagrada, es decir, un acontecimiento primordial que tuvo lugar en el comienzo del tiempo, *ab initio*. Mas relatar una historia sagrada equivale a revelar un misterio [...]. El mito es, pues, la historia de lo acontecido *in ille tempore*, el relato de lo que los dioses o los seres divinos hicieron al principio del tiempo. «Decir» un mito consiste en proclamar lo que acaeció *ab origine*. Una vez «dicho», es decir, «revelado», el mito pasa a ser verdad apodíctica: fundamenta la verdad absoluta[2].

---

[1] Idea supuesta por José Antonio Maravall. Véanse sus explicaciones detalladas en *Antiguos y modernos*, Madrid, Sociedad de Estudios y Publicaciones, 1966, pp. 218-317 y 334-360.

[2] Mircea Eliade, *Lo sagrado y lo profano*, trad. Luis Gil Fernández [prólogo, introducción y capítulos 1-4] y Ramón Alfonso Díez Aragón [apéndice y glosario], 2ª ed., Barcelona, Paidós Ibérica, 2009, p. 72.

En la última etapa de sus trayectorias poéticas, notamos que tanto Petrarca como Garcilaso intentan llegar a lo eterno: el primero dialoga con su interioridad para abolir la convención pública y lograr la inmovilidad del tiempo; el segundo configura el mito propio, para que la imagen del amor alcance un estado estático, conviviendo armónicamente con la Naturaleza, y quedando inmortalizada en la mente de la comunidad. Los dos poetas usan distintas maneras para cultivar su arte propio; pues, en la perspectiva de fenomenología religiosa, ambos aprovechan el acto ritual del *homo religiosus* con el fin de llegar al propósito: la perennidad de su vida, idea y obra. Aunque este trabajo de investigación no trata de adentrarse en estudios hermenéuticos, la ontología arcaica de Eliade, en realidad, ofrece un buen prisma para descifrar el modo con el que los poetas inmortalizan su creación. Puesto que en la mitificación de la literatura y la sacralización de la creencia folclórica se encuentra un desarrollo paralelo.

Por añadidura, en el conocimiento legendario, el simbolismo desempeña un papel tan trascendente como en el terreno religioso. Si la gente bipartiese rotundamente este mundo entre la realidad histórica y la ficticia, los simbólos deberían ser el mejor medio comunicativo entre las dos. Mediante estudios de ellos, se entenderá cómo el mensaje está mostrado y simbolizado y, al mismo tiempo, cómo la imágen se transfigura con el fin de referirse a ése. Según opina Campbell: "Los mitos no descubren a menudo en una sola imagen el misterio del pronto tránsito. Cuando lo hacen, el momento es un símbolo precioso, lleno de importancia, que debe ser atesorado y contemplado"[1]. Por lo tanto, en este capítulo, junto al modo tradicional del analisis textual, me sirvo de las ideas de Eliade, la observación psíquico-social del mito de Campbell y unos análisis simbólicos para poner de relieve la aspiración de los dos poetas a lo eterno.

---

[1]   Joseph Campbell, *El héroe de las mil caras. Pscoanálisis del mito*, trad. Luisa Josefina Hernández, 11ª reimpresión, México D.F., Fondo de Cultura Económica, 2009, p. 210.

A. SIMBOLISMO Y DESENGAÑO DEL TIEMPO

En el terreno de las fuerzas trascendentales, los *Triumphi Temporis* y *Eternitatis*, Petrarca crea un nuevo personaje, el Sol. Distinto de un soberano solemne e inmóvil, el poeta le otorga una cuadriga de recorrido diario, que simboliza el transcurso del tiempo. Pues, ¿por qué está representado por el Sol, en vez de la Luna, de Crono o del resto de los astros celestiales, hasta de la misma Aurora que ha sido señalada en el marco de la Muerte (vid. TM II, vv. 178-183)? Por un lado, de acuerdo con la creencia folclórica, el Sol, o sea Helio Apolo, caracterizado por su imagen heroica y valiente (*Sol invictus, Sol salutis, Sol iustitiae*), se erige en el centro del cielo y de la inteligencia cósmica, y goza del atributo omnividente y omniconsciente:

> Teogónicamente [el Sol] expresa el momento de máxima actividad heroica en la transmisión y sucesión de poderes que se verifica a través de las generaciones de deidades. Así, tras Urano, Saturno y Júpiter, aparece Helio Apolo. En alguna ocasión, surge el Sol como sucesor directo e hijo del dios del cielo. Señala Krappe que hereda uno de los atributos más importante y morales de ese dios: lo ve todo y, en consecuencia, lo sabe todo. [...] No podemos olvidar que Roma, el máximo poder político de la Antigüedad y la creadora del sentido de la historia, entronizó la hierofanía solar, que en el Imperio dominó netamente a veces en íntima relación con Mitra. Una fuerza heroica y generosa, creadora y dirigente, este es el núcleo del simbolismo solar, que puede llegar a constituir una religión completa por sí misma [...][1].

Por otro lado, en su imagen primigenia, se muestra como auriga celestial, que sale de madrugada con su carro tirado por cuatro caballos de frente, y se esfuma al atardecer. Así repite constantemente su hecho rutinario cada día. Según observa Elvira Barba en cuanto a la iconografía clásica del dios solar:

> En efecto, ya desde su primera representación conocida —una pintura sobre cerámica de h. 670 a.C.—, Helio aparece como un busto

---

[1]   Juan-Eduardo Cirlot, *Diccionario de símbolos*, 10ª ed., Barcelona, Labor, 1991, pp. 416-417.

barbado sobre un caballo, y a lo largo del Arcaísmo se va concretando su aspecto: aparece vestido sobre un tiro de caballos alados y, en torno al 500 a.C., pierde la barba. Luego, a lo largo del Clasicismo, se elabora la que será su imagen más convencional y repetida: joven e imberbe, con una melena rubia rodeada por un nimbo radiado, va vestido con la túnica larga de los aurigas y se asienta sobre un carro tirado por cuatro caballos blancos que, poco a poco, van perdiendo las alas. Los domina con sus riendas y los dirige con una vara larga, persiguiendo en ocasiones el carro de Eos [Aurora][1].

Petrarca vuelve los ojos al mundo antiguo de la imaginación, e intenta configurar la influencia que el movimiento cósmico ejerce en la vida cotidiana de todo lo humano. En el *Triumphus Temporis*, el escritor parece convertirse en un astrólogo de la época arcaica, que considera las propiedades de cada esfera celeste, y piensa los cambios que ella puede causar en los seres a su alrededor. En primer lugar, Petrarca muestra al Sol con un carácter arbitrario e insistente, de rotación irreversible. Así opina el astro Rey, prestigiosa y presuntuosamente:

> Or conven che s'accenda ogni mio zelo,
> sì ch'al mio volo l'ira adoppi i vanni,
> ch'io porto invidia agli uomini, e nol celo,
>
> de' quali io veggio alcun' dopo mille anni,
> e mille e mille, più chiari che 'n vita;
> ed io m'avanzo di perpetui affanni.

(TT, vv. 22-27)

[Conviene que mi celo se me encienda, / de modo que la ira alce mi vuelo, / pues envidio a los hombres, no lo oculto, / de los cuales a algunos después veo / de mil años y miles, más famosos; / y yo en afán perpetuo me consumo.]

En segundo lugar, como si fuese equiparado con "las gotas de oro que

---

[1]   Miguel Ángel Elvira Barba, *Arte y mito. Manual de iconografía clásica*, Madrid, Sílex, 2008, p. 161.

caen, como en el mito de Dánae, sobre la pareja humana"[1] atendiendo a la convención popular, el Sol-Tiempo cuenta con la peculiaridad de lo fugaz y de lo vano:

> Che più d'un giorno è la vita mortale,
> nubil 'e brev 'e freddo e pien di noia,
> che ò bella parer, ma nulla vale?
>
> Qui l'umana speranza, e qui la gioia,
> qui' miseri mortali alzan la testa,
> e nesun sa quanto si viva o moia.
>
> (Ibid., vv. 61-66)

[¿Qué, sino un día es esta vida nuestra, / doloroso, con nieblas, breve y frío, / que aparenta hermosura y nada vale? / Están aquí la gloria y la esperanza, / los míseros mortales que se jactan, / y nadie sabe el tiempo de su vida.]

Y en tercer lugar, tiene el atributo de lo inconstante:

> I' vidi il ghiaccio, e lì stesso la rosa,
> quasi in un punto il gran freddo e 'l gran caldo,
> che, pur udendo, par mirabil cosa.
>
> (Ibid., vv. 49-51)

[El hielo vi, y allí mismo la rosa, / casi a la vez un frío y calor grandes, / que sólo el escucharlo maravilla.]

La rotación del Sol-Tiempo es como corriente acuática, reflejando los hechos pasados, y hace que el poeta se dé cuenta de la vanagloria de sus deseos y esperanzas:

> Segui' già le speranze e 'l van desio;
> or ò dinanzi agli occhi un chiaro specchio,
> ov'io veggio me stesso e 'l fallir mio;

---

[1] Juan-Eduardo Cirlot, *op. cit.*, p. 419.

> e quanto posso al fine m'apparecchio,
> pensando al breve viver mio, nel quale
> stamani era un fanciullo ed or son vecchio.
>
> (Ibid., vv. 55-60)

[Antes seguí deseos y esperanzas; / ahora tengo un espejo ante mis ojos / donde me miro y veo mi fracaso; / y todo cuanto puedo me preparo / para el fin de mi vida que es tan corta, / pues apenas fui niño y ya soy viejo.]

Entretanto, el poeta ilustrado de sabiduría, se impregna de los principios cósmicos, y se desengaña de la ceguedad del *vulgus*:

> Or vi riconfortate in vostre fole,
> gioveni, e misurate il tempo largo!
> Ma piaga anteveduta assai men dole.
>
> (Ibid., vv. 70-72)

[¡Reconfortaos, jóvenes, ahora / con ilusiones, y fiadlo largo! / Mas herida prevista duele menos.]

....

> Non fate contra 'l vero al core un callo,
> como sete usi; anzi volgete gli occhi,
> mentre emendar si pote il vostro fallo.
>
> Non aspettate che la morte scocchi,
> come fa la più parte, ché per certo
> infinita è la schiera degli sciocchi.
>
> (Ibid., vv. 79-84)

[Que contra la verdad los pechos vuestros / no vayan, antes bien volved los ojos / mientras podáis remediar los fallos. / No esperéis el golpe de la muerte / como acostumbra a hacer la mayoría, / que infinito es el grupo de los necios.]

Durante la observación de los fenómenos uranios, el poeta-adivino descubre la verdad de la Naturaleza, y goza de una mentalidad abierta, dialogando con la realidad exterior por medio de lo simbólico. En ello, se halla el mundo sobrehumano, o sea, el mundo de los valores "«trascendentes» al ser revelados por seres divinos o antepasados míticos"[1], que es susceptible de guiar al hombre y de conferir una significación a la vida humana. O mejor dicho, la posibilidad de experimentar lo sagrado, en lugar de encastillarse en su propio modo de existir. En términos precisos de Eliade:

> Comunica con el mundo porque utiliza el mismo lenguaje: el símbolo. Si el mundo le habla a través de sus astros, sus plantas y sus animales, sus ríos y sus rocas, sus estancias y sus noches, el hombre le responde con sus sueños y su vida imaginaria, sus antepasados y sus tótems —a la vez "Naturaleza", sobrenaturaleza y seres humanos—, con su capacidad de morir y resucitar ritualmente en las ceremonias de iniciación (ni más ni menos que la Luna y la vegetación), por su poder de encarnar un espíritu revistiéndose de una máscara, etc. Si el mundo es transparente para el hombre arcaico, éste siente también que el mundo le "mira" y le comprende. [...] cada uno [de la Naturaleza] tiene su "historia" que contarle, un consejo que darle[2].

Mientras que el poeta laureado aprovecha el Sol como signo simbólico del tiempo para configurar sus características particulares, Garcilaso satura sus obras eclógicas de imágenes acuáticas: el Rin, el Danubio, el Tormes y el Tajo. Con ellas, aparte de seguir la tradición pastoril, donde el río normalmente forma parte del *locus amoenus* para el encuentro del amor, el poeta toledano trata de conferir a las aguas un sentido ulterior: el atributo temporal. Y, según dilucida el psicoanalista norteamericano de la mitología, "Los símbolos son sólo los *vehículos* de la comunicación; no deben confundirse con el término final, el *contenido*, de su referencia. No importa lo atractivos o impresionantes que parezcan, no son más que los medios convenientes, acomodados al entendimiento humano"[3]. Eso quiere decir que, a pesar de la transfiguración iconográfica, el mensaje fundamental

---

[1] Mircea Eliade, *Mito y realidad*, cit., p. 135.

[2] Ibid., p. 139.

[3] Joseph Campbell, *op. cit.*, p. 216.

que trata de exponer Garcilaso sería idéntico que el del maestro italiano: el desengaño del tiempo. Así que, con tres apartados que siguen, me dedico a observar el arte de nuestro poeta en su simbolización de los ríos dentro del marco eclógico.

1) *Transitoriedad*. A causa del discurrir sin cesasión, el río evoca el deslizamiento de las formas, el movimiento, la transitoriedad, el olvido y la idea más impresionante: el transcurso del tiempo[1]. De hecho, en la época presocrática, los filósofos abordaban el origen de la vida con el fin de sistematizar el teorema de la Naturaleza. Y entre ellos, Heráclito (554 a.C.-484 a.C.) pone en evidencia el cambio irreversible del tiempo, después de observar la corriente acuática. Esta doctrina se hace famosa por Platón, quien cita el dicho heraclíteo en su *Crátilo*, donde trata del diálogo entre Sócrates y Hermógenes:

> Sóc. Me parece ver a Heráclito diciendo cosas sabias y añejas, simplemente de los tiempos de Rea y Cronos; las mismas que Homero decía.
>
> Her. ¿A que te refieres con esto?
>
> Sóc. En algún sitio dice Heráclito «todo se mueve y nada permanece» y, comparando los seres con la corriente de un río, añade: «no podrías sumergirte dos veces en el mismo río».
>
> Her. Eso es[2].

En la segunda égloga de Garcilaso, los ríos asumen una función importante, sobre todo en la larga narración donde se menciona la vida de la casa de Alba. Las corrientes acuáticas como el eje del argumento unen los sucesos heroicos de don Fernando: por el gran Rin, "se 'sfuerza su vïaje", y llega a Colonia (vid. Égloga II, vv. 1467-1479); y por el Danubio, "suelta la

---

[1]   Cfr. Federico Revilla, *Diccionario de iconografía y simbología*, 3ª edición ampliada, Madrid, Cátedra, 1999, p. 377.

[2]   Platón, *Crátilo*, en *Diálogos*, volumen II, *Gorgias, Menéxeno, Eutidemo, Menón, Crátilo*, traducciones, introducciones y notas respectivamente por J. Calonge Ruiz, E. Acosta Méndez, F. J. Olivieri, J. L. Calvo, Madrid, Gredos, 1983, p. 397.

rienda a su navío", y desembarca en la isla de Ratisbona (vid. Ibid., vv. 1494-
1504). En efecto, a medida que traza las peripecias épicas, el poeta percibe el
carácter congénito de las aguas corrientes, que facilitan la trayectoria viajera
y, a la vez en sentido extensivo, acortan el tiempo de tardanza:

> El río, sin tardanza, parecía
> que'l agua disponía al gran viaje;
> allanaba el pasaje y la corriente
> para que fácilmente aquella armada,
> que habia de ser guïada por su mano,
> en el remar liviano y dulce viese
> cuánto el Danubio fuese favorable.
>
> (Ibid., vv. 1602-1608)

Aún más, Garcilaso como convertido en adivino o profeta de la Antigüedad[1],
se entera del fundamento de las actividades cósmicas, y sabe pronosticar el
porvenir de acuerdo con los cambios fenoménicos de la Naturaleza. Eso es,
una imitación del prototipo.

> Quien viera el curso diestro por la clara
> corriente bien jurara a aquellas horas
> que las agudas proras dividían
> el agua y la hendían con sonido,
> y el rastro iba seguido; luego vieras
> al viento las banderas tremolando,
> las ondas imitando en el moverse.
>
> (Ibid., vv. 1623-1629)

Y en su Égloga I, las imágenes del agua se derraman aún más a lo largo

---

[1] Uno de los ejemplos clásicos que reflejan bien la observación profética con respecto a la
Naturaleza, se encuentra en la guerra de Troya, donde Agamenón, el comandante en jefe de
Grecia, obedeció el augurio, o sea el consejo premonitorio, del adivino Calcante, y sacrificó a su
hija Ifigenia a la diosa lunar, Artemis, para que las olas del mar fuesen favorables a su partida. Y
en cuanto al tratado detallado, véase el diálogo entre Agamenón y el Anciano, en el primer acto
de la obra *Ifigenia en Áulide* de Eurípides, en *Tragedias III*, edición y traducción de Juan Miguel
Labiano, 3ª ed., Madrid, Cátedra, 2007, pp. 329-225.

del cantar melancólico del pastor Salicio, encarnación del mismo poeta[1], que se sintoniza "dulce y blandamente" con el susurro del río incognito:

> Saliendo de las ondas encendido,
> rayaba de los montes el altura
> el sol, cuando Salicio, recostado
> al pied d'una alta haya, en la verdura
> por donde una agua clara con sonido
> atravesaba el fresco y verde prado;
>   él, con canto acordado
>   al rumor que sonaba
>   del agua que pasaba,
> se quejaba tan dulce y blandamente,
> como si no estuviera de allí ausente
> la que de su dolor culpa tenía,
>   y así como presente,
> razonando con ella, le decía...
>
>   (Égloga I, vv. 43-56)

El remanso de las aguas consiste en un símbolo del retraso del decurso temporal. Y en cambio, la velocidad de la corriente denota el lapso efímero y presuroso (según hemos indicado en el texto anterior). Entonces, cuando se compara a la gran *dame sans merci* con el agua, a ésta se le atribuye un carácter cruel e inexorable: la irreversibilidad, que no corre atrás. Garcilaso la alegoriza con el agua deseada y fugitiva de Tántalo:

> Soñaba que en el tiempo del estío
> llevaba (por pasar allí la siesta)
> a abrevar en el Tajo mi ganado;
>   y después de llegado,
>   sin saber de cuál arte,
>   por desusada parte

---

[1]   Con respecto a la identidad de los pastores en la Égloga I de Garcilaso, y la cuestión etimológica de sus enlaces con el nombre y vida del poeta, véanse los análisis sintéticos de Bienvenido Morros (introducción textual, en *op. cit.*, p. 126) y de Elias L. Rivers (estudios preliminares, en *op. cit.*, pp. 264-265).

> y por nuevo camino el agua s'iba;
> ardiendo yo con la calor estiva,
> el curso enajenado iba siguiendo
> del agua fugitiva.
>
> (Ibid., vv. 116-125)

No importa, pues, cuán despacio y deprisa corra el río; las aguas siempre muestran su naturaleza inalternable: la mudanza. Por ella, se cambia la figura, la fisonomía, y hasta la ventura. En el reflejo del río, Salicio se desengaña de lo constante, tal y como opina el gran filósofo Heráclito. Así entona el pastor con buen lirismo:

> No soy, pues, bien mirado,
> tan diforme ni feo,
> que aun agora me veo
> en esta agua que corre clara y pura,
> y cierto no trocara mi figura
> con ese que de mí s'está reyendo;
> ¡trocara mi ventura!
>
> (Ibid., vv. 175-181)

Por lo demás, una vez que se enlace el sentimiento interior con el mundo exterior, las lágrimas que caen estarán entretejidas con el discurrir del río, según Salicio agrega el verso al final de cada estrofa de su canto: "Salid sin duelo, lágrimas, corriendo" (vid. Ibid., vv. 70, 84, 98, 112, 126, 140, 154, 168, 182, 196 y 210). Acompañado de las aguas que rodean, el estribillo repetido once veces por el pastor expresa, al mismo tiempo, un sentido alusivo a la desilusión, al abandono y al olvido del dolor en su fuero profundo: "quizá aquí hallarás, pues yo m'alejo, / al que todo mi bien quitar me puede" (Ibid., vv. 221-222). Esta idea está en concordancia con el impacto que el Sol-Tiempo, a juicio de Petrarca, puede provocar en la memoria humana, cuando pasa con su vuelo ligero por el mundo profano:

> A' suoi corsier radoppiato era l'orzo;
> e la reina di ch'io sopra dissi

d'alcun' de' suoi già volea far divorzo.

Udi' dir, non so a chi, ma 'l detto scrissi:
«In questi humani, a dir proprio, ligustri,
di cieca oblivïon che scuri abissi!»

Volgerà il sol, non pure anni, ma lustri
e secoli, victor d'ogni cerebro,
e vedrà i vaneggiar di questi illustri.

(TT, vv. 97-105)

[El pienso duplicaba a los corceles, / y la reina a la cual me refería / deseaba de algunos separarse. / Esto escribí, mas no sé quién lo dijo: / «¡Qué profundos abismos de olvidanza / en los hombres, que son como ligustros! / Dará vueltas el sol durante años / y siglos, vencedor de los cerebros, / hasta ver el ocaso de los grandes.»]

Y al final, todo lo derivado de las fuerzas "naturales"[1] (amor, castidad, muerte y fama) será vencido por el tiempo, y se volverá "in poca polve" (Ibid., v. 120) e "in fumo" (Ibid., v. 126). Una imagen que anticipa el verso de Góngora, que destacaría lo dominante del tiempo por encima de todo: "en tierra, en humo, en polvo, en sombra, en nada"[2].

2) *Renegeración.* Como el río está constituido fundamentalmente por el agua, un elemento sagrado[3], concebido como factor purificador a juicio de

---

[1] Cfr. Marco Santagata, introducción a *Trionfi, Rime estravaganti, Codice degli abbozzi*, de Petrarca, a cura di Vinicio Pacca e Laura Paolino, Milano, Arnaldo Mondadori, 1996, pp. XVIII-XIX.

[2] Luis de Góngora y Argote, "Mientras por competir con tu cabello..." (1582), *Sonetos completos*, edición, introducción y notas de Biruté Ciplijauskaité, 6ª ed., Madrid, Castalia, 1987, p. 230, v. 14.

[3] Según la perspectiva del simbolismo primitivo, el río siempre evoca a la gente la existencia más allá de este mundo. El Paraíso, por ejemplo, está regado por los cuatro ríos (Pison, Gihon, Tigris y Éufrates), los cuales en la Edad Media, se convierten en signos representativos de los cuatro evangelios. Y según el arte bíblico de la época, el Cordero o Cristo siempre se localiza sobre un montículo del que fluyen cuatro ríos. Hasta en el mundo de Hades, se encuentran discursos acuáticos de cuatro ríos (el Aqueronte, el Estige, el Flegetonte y el Cocito), que después Dante elabora como lugares de castigo del alma en el Infierno. Por lo demás, se hallan asimismo bastantes personajes míticos, relacionados con el río, así como Juan Bautista, Hércules y Aquiles. (Cfr. James Hall, *Diccionario de temas y símbolos artísticos*, introducción de Kenneth Clark, versión española de Jesús Fernández Zulaica, Madrid, Alianza, 1987, p. 272).

la tradición cristiana, la inmersión en el mismo smboliza el bautismo: lavar la mancha del pecado, renovar al hombre, y devolverle al estado primitivo y preformal, "con su doble sentido de muerte y disolución, pero también de renacimiento y nueva circulación"[1]. Por añadidura, en sentido más inmediato de su naturaleza de fluidez, el río significa en mayor medida "las fuerzas de transición (cambio, destrucción y nueva creación)" que la simple depuración y limpieza[2]. De manera que, desde el punto de vista diacrónico, se trata de un intento del retorno temporal: la regeneración.

En su segunda égloga, Garcilaso inventa un nuevo personaje, Severo, el cultor del río Tormes, por el cual se establece una buena trabazón entre los cantares líricos de los pastores y la dilatada narración de la historia épica del duque de Alba. Se resume así el argumento con la presencia de Severo. En el paisaje agradable de la Naturaleza, Salicio encuentra a Albanio, pastor enfermo de amor y con obsesión de suicidarse. El primero intenta compartir su experiencia con el segundo para apaciguar su tristeza y recuperar su raciocinio (vid. Égloga II, vv. 350-364). Sin embargo, toda su sugerencia es inútil. Al final, bajo consejo de otro pastor, Nemoroso, decide llevar al que "tiene trastornado el seso" (Ibid., v. 884) a donde vive Severo, con el fin de que éste le cure los dolores (Ibid., vv. 1855-1860). En la recomendación del último pastor, se presenta el nacimiento y la formación del sabio. Y por los indicios que señala, Serevo no es un mero hechicero que conozca la ciencia médica y los vaticinios —"antes de piedras, hierbas y animales / diz que le fue notica entera dada" (Ibid., vv. 1075-1076)—, sino que se nos presenta como una deidad capaz de manejar la circulación de la Naturaleza:

> Éste, cuando le place, a los caudales
> río el curso presuroso enfrena
> con fuerza de palabras y señales;
>
> la negra tempestad en muy serena
> y clara luz convierte, y aquel día,

---

[1] Cfr. Juan-Eduardo Cirlot, *op. cit.*, pp. 54-55. Véase asimismo Federico Revilla, *op. cit.*, p. 21; José Luis Morales y Marín, *Diccionario de iconología y simbología*, Madrid, Taurus, 1984, p. 30.

[2] Cfr. Juan-Eduardo Cirlot, *op. cit.*, p. 98.

si quiere revolvelle, el mundo atruena;

la luna d'allá'rriba bajaría
si al son de las palabras no impidiese
el son del carro que la mueve y guía.

(Ibid., vv. 1077-1085)

¿Aprovecha aquí Garcilaso esta figura sólo para exponer el tópico de *puer-senex* a juicio de la tradición poética, o tendría otro objetivo? A mi parecer, su intervención debe realizar una función mayor. En primer lugar, debido a sus conocimientos polifacéticos, sea como mistagogo o sea como guía de almas, Severo desempeña el papel del médico *sapiens* que ilumina a los protagoinstas acerca de su iniciación en aventuras y pruebas, de acuerdo con el psicoanálisis mitológico de Campbell:

> El médico es el maestro moderno del reino mitológico, el conocedor de todos los secretos caminos y de las palabras que invocan a las potencias. Su papel es precisamente el del sabio viejo de los mitos y de los cuentos de hadas, cuyas palabras servían de clave para el héroe a través de los enigmas y terrores de la aventura sobrenatural[1].

Una coincidencia con el Sol de Petrarca, que se muestra como un sabio, amonestando de modo monologado y con circunloquio a la gente que, a causa de la regla cósmica, el tiempo derrumbará cualquier cosa. Pese a que la fama mantenga una vida prolongada en el recuerdo humano, todo se consumirá. Como proclama el mismo personaje:

Alzato un poco, come fanno i saggi
guardossi intorno, ed a sa stesso disse:
«Che pensi? omai conven che più cura aggi.

Ecco: s'un che famoso in terra visse
de la sua fama per morir non esce,
che sarà de la legge che 'l Ciel fisse?

E se fama mortal, morendo, cresce,

---

[1]   Joseph Campbell, *op. cit.*, p. 16.

che spegner si devea in breve, veggio
nostra excellentia al fine; onde m'incresce.»

(TT, vv. 4-12)

[Y al poco de salir, como los sabios, / miró a su entorno, y díjose a sí
mismo: / «¿En qué piensas? Y sé más precavido. / Pues si un famoso
que vivió en la tierra / no deja de vivir porque haya muerto, / ¿qué será
de la ley que fijó el cielo? / Y si crece la fama con la muerte, / no dejo de
sufrir cuando contemplo / que la grandeza nuestra se termina.»]

En segundo lugar, aunque es incógnito el linaje de Severo, el *habitat*
donde vive y acude, en realidad, ya ha reflejado su identidad verdadera:
un ser sobrenatural del río. Según dilucida James Hall, "El espíritu que, en
opinión de la antigüedad, habitaba en un río solía representarse en forma
de dios [...]. El dios aparece en muchas escenas de ríos"[1]. Por boca de
Nemoroso, la presencia de Severo está descrita así:

En la ribera verde y deleitosa
del sacro Tormes, dulce y claro río,
hay una vega grande y espaciosa,

verde en el medio del invierno frío,
en el otoño verde y primavera,
verde en la fuerza del ardiente estío.

(Égloga II, vv. 1041-1046)

....

Allí se halla lo que se desea:
virtud, linaje, haber y todo cuanto
bien de natura o de fortuna sea.

Un hombre mora allí de ingenio tanto,
que toda la ribera adonde él vino
nunca se harta d'escuchar su canto.

(Ibid., vv. 1056-1061)

Y para mí, desde el punto de vista etimológico, el nombre de Severo, de

---

[1] James Hall, *op. cit.*, p. 272.

mucho ingenio, insinúa que en realidad, él mismo es la encarnación del "sacro viejo" (Ibid., v. 1175), el Tormes. Mientras que unos críticos establecen cierto enlace entre el apelativo "Severo" y el calificativo "severidad" (Ibid., v. 1314) para señalar su personalidad[1], yo supongo que, conforme a la acuñación léxica de Garcilaso[2], se debe descomponer este vocablo en dos partes para escudriñar su sentido original: el *sev-*, tomado del griego σέβω, que denota "venerar, adorar, respetar"; el *-ro*, afinado al *-reo*, derivado del griego ῥέω, que es "correr, fluir", o sea del latín *rius* o *rivus*, "río, arroyo"[3]. Su manera de plasmación ya supera la técnica inventiva de Petrarca en su creación del dios solar. Este que, antes de mostrar su personalidad celosa (vid. TT, v. 22) y arruinadora (Ibid., v. 27), señala sus corceles, con los que anticipa la revelación de su identidad real:

> Quattro cavai con quanto studio como,
> pasco nell'occeàno, e sprono, e sferzo,
> e pur la fama d'un mortal non domo!
>
> (Ibid., vv. 16-18)

[Cuatro caballos con afanes cuido, / los rijo, y alimento entre las aguas, / ¡y la fama de un hombre no supero!]

En tercer lugar, por lo demás, la imagen de Severo a menudo se corresponde con la del Tormes, especialmente cuando éste lo pone en su

---

[1]   Véase la anotación de Herrera, *op. cit.*, p. 545, H-684.

[2]   Con respecto al método de invención léxica del poeta, se puede consultar los artículos de Rafael Lapesa, "El cultismo semántico en la poesía de Garcilaso", *Poetas y prosistas de ayer y de hoy. Veinte estudios de historia y crítica literarias*, Madrid, Gredos, 1977, pp. 92-109; Eugenio de Bustos, "Cultismos en el léxico de Garcilaso de la Vega", *Garcilaso. Actas de la IV Academia Literaria Renacentista (Salamanca, 2-4 de marzo de 1983)*, edición dirigida por Víctor García de la Concha, 1ª reimpresión, Salamanca, Universidad de Salamanca, 1993, pp. 127-163. Sin embargo, en cuanto a la acuñación del presente sustantivo "Severo", que no se trata en ninguno de ellos, es mi opinion propia.

[3]   Las acepciones son consultadas a Eustaquio Echauri, *Diccionario esencial Vox latino. Latino-Español. Español-Latino* (2ª reimpresión, Barcelona, Spes, 2001) y José M. Pabón de Urbino, *Diccionario manual Vox griego. Griego clásico-Español* (18ª reimpresión, Barcelona, Spes, 2000).

morada de manantial, y le enseña "como a hijo" la urna maravillosa, un símbolo del dios acuático:

> A aquéste el viejo Tormes, como a hijo,
> le metió al escondrijo de su fuente,
> de do va su corriente comenzada.
> Mostróle una labrada y cristalina
> urna donde'l reclina el diestro lado,
> y en ella vio entallado y esculpido
> lo que, antes d'haber sido, el sacro viejo
> por devino consejo puso en arte,
> labrando a cada parte las estrañas
> virtudes y hazañas de los hombres
> que con sus claros nombres ilustrarion
> cuanto señorearon de aquel río.
>
> (Ibid., vv. 1169-1180)

Y después de contemplar las historias del duque de Alba que se registran encima de la vasija grande, Severo pone por escrito cuanto aparece representado en ella, como si se convirtiese en otro dios fluvial:

> Severo, ya de ajena ciencia instruto,
> fuese a coger el fruto sin tardanza
> de futura 'speranza, y, escribiendo,
> las cosas fue exprimiendo muy conformes
> a las que había de Tormes aprendido...
>
> (Ibid., vv. 1818-1822)

Volviéndonos, entonces, hacia los cantos pastoriles de lirismo, la terapia de Severo querría decir la cura del río, consistente en la inmersión en las aguas, el bautismo, que retorna al hombre a su naturaleza y le otorga una nueva vida. Según proclama Salicio, después de escuchar el relato de Nemoroso:

> Por firme y verdadero
> después t'he escuchado,

> tengo qu ha de sanar Albanio cierto,
> que, según me has contado,
> bastara tu Severo
> a dar salud a un vivo y vida a un muerto.
>
> (Ibid., vv. 1842-1847)

A saber, a través de la configuración del dios, encarnado por Severo, Garcilaso confiere al río un carácter regenerador. Por este que se fertiliza y se multiplica el potencial de la vida[1]. La misma escena nos evoca el río Aqueronte dantesco, por este que los mortales pasan su último viaje de la vida terrenal, y a la vez inician su entrada en el inframundo. Y desde allí, por un lado, el mismo poeta abandona alegóricamente su vida anterior de concepción confusa, como se perdía en la selva oscura (vid. *Infierno*, Canto I, vv. 1-12); por el otro, empieza su aventura de salvación espiritual, guiada por el maestro Virgilio y luego por su propio amor Beatriz, la cual le conferirá una vida nueva.

Este simbolismo de ablaciones resucitadoras es paralelo a la iluminación del rayo solar en el *Triumphus Temporis* petrarquesco, donde el poeta, después de contemplar "con gran paura" (TT, v. 36) la destrucción y depredación del Sol-Tiempo, considera vil la vida profana y mortal:

> Allor tenn'io il viver nostro a vile,
> per la mirabil sua velocitate,
> vie piú che inanzi nol tenea gentile.
>
> E parvemi terribil vanitate
> fermare in cose il cor che 'l Tempo preme,
> che, mentre piú le stringi, son passate.
>
> (Ibid., vv. 37-42)

[Consideré yo entonces vil la vida, / a causa de su rápida carrera, / más vil aún que noble la creía. / Y vanidad terrible parecióme / aferrarse a las cosas temporales, / pues cuanto más se abrazan más se alejan.]

---

[1]   Cfr. Juan-Eduardo Cirlot, *op. cit.*, p. 55; Mircea Eliade, *Lo sagrado y lo profano*, cit., p. 97.

Aún más, iguala la fama con la muerte:

> Ma per la turba, a' grandi errori avezza,
> dopo la lunga età sia il nome chiaro:
> che è questo però che sì s'apprezza?
>
> Tanto vince e ritoglie il Tempo avaro;
> chiamasi Fama, ed è morir secondo,
> né più che contra 'l primo è alcun riparo.
>
> (Ibid., vv. 139-144)

> [Si para la engañada muchedumbre / un nombre resplandece con los años, / ¿qué valor, sin embargo, tiene aquello? / Todo lo arrasa y vence el Tiempo avaro, / y lo que llaman Fama es otra muerte, / igual que la primera, inevitable.]

Esto es, no sólo un vencimiento de la fuerza de Tiempo sobre la de Fama, sino también un retorno de la última a ésa de la que se ha derivado, la Muerte. En consecuencia, por la difusión del Sol deslumbrante, Petrarca como el pastor en la Égloga II de Garcilaso, que sufre una inmersión lustral, se entera de lo regenerador del tiempo. Según declara el primero: "Quanti son già felici morti in fasce!" [¡Cuántos murieron, al nacer, felices!] (Ibid., v. 136). En concordancia con la función recuperativa del agua fluvial, conforme al esclarecimiento del segundo: "que volvió el alma a su naturaleza / y soltó el corazón aherrrojado" (Égloga II, vv. 1127-1128).

3) *Circulación perpetua*. Durante el proceso de la simbolización, el poeta toledano tiene en cuenta el doble sentido de la corriente acuática: explícita y francamente, denota el decurso irreversible del tiempo; implícita y sinuosamente, quiere decir unas fuerzas susceptibles de la rehabilitación vitalista. De ahí que, en su última égloga, la cúspide de toda su creación artística, Garcilaso desarrolle a todo tirar la tensión expresiva del río, del que aprovecha la forma circular para simbolizar el tiempo-vida inmortal. O sea, en palabras de Eliade, el tiempo sagrado, "indefinidamente recuperable, indefinidamente repetible", con el cual el hombre abre nuevas perspectivas

a su espíritu de inventiva, se hace creador, y reactualiza los gestos paradigmáticos: la creación del mito[1].

Garcilaso elige el Tajo de su tierra natal, Toledo, como el trasfondo pastoril donde tiene lugar la fábula mitológica. Y pone de manifiesto su forma circular, una apariencia inmediata al mecanismo cíclico y a la repetición continua[2], con el fin de que el cuento amoroso, con base en la vivencia personal, ambientado en el presente recinto obtenga cierto atributo sagrado; permanezca perenne en la memoria colectiva; y se convierta en un legado universal para toda la humanidad. En su Égloga III, por medio del arte de la personificación, el poeta confiere una divinidad al río:

> Pintado el caudaloso rio se vía,
> que, en áspera estrecheza reducido,
> un monte casi alrededor ceñía,
> con ímpetu corriendo y con rüido;
> querer cercarlo todo parecía
> en su volver, mas era afán perdido;
> dejábase correr en fin derecho,
> contento de lo mucho que habia hecho.
>
> (Égloga III, vv. 201-208)

Idéntico atributo de la circularidad está reflejado en el *Triumphus Temporis* del poeta laureado. Por voz del Sol, manifiesta que el transurso temporal muda a todo el mundo, salvo al movimiento de sí mismo, con su itinerario invariable e interminable:

> Tal son qual era, anzi che stabilita
> fusse la terra, dì e notte rotando
> per la strada ritonda ch'è infinita.
>
> (TT, vv. 28-30)

---

[1]   En torno al tratado pormenorizado de la duración profana y el tiempo sagrado, véase el capítulo II "El tiempo sagrado y los mitos" de Mircea Eliade, en *Lo sagrado y lo profano*, cit., pp. 53-56; y asimismo, su explicación de "La abertura del mundo", en *Mito y realidad*, cit., pp. 135-138.

[2]   Cfr. Federico Revilla, *op. cit.*, p. 172.

[Soy el mismo que, antes que la tierra / fuese creada, rueda noche y día / por la ruta redonda e infinita.]

Y el único remedio de evitar la huida y el arrebatamiento del Tiempo será identificarse con el Sol, el eje de la mudanza universal, donde se encontrará el punto intemporal. De modo que el poeta se comporta como si se transfigurase en el Sol *sapiens*, tratando de desvanecer y reprochar la desviación conceptual al público, y asimismo de imbuirle la verdad cósmica:

> Forse che 'ndarno mie parole spargo;
> ma io v'annuntio che voi sete offesi
> da un grave e mortifero letargo:
>
> ché volan l'ore e' giorni e gli anni e' mesi;
> inseme, con brevissimo intervallo,
> tutti avemo a cercar altri paesi.
>
> Non fate contra 'l vero al core un callo,
> come sete usi; anzi volgete gli occhi,
> mentre emendar si pote il vostro fallo.
>
> (TT,vv.73-81)

[Puede que diga en vano mis palabras; / pero que estáis heridos os anuncio / por un grave y mortífero letargo: / porque vuelan las horas y los años; / y todos con brevísimo intervalo / iremos a buscar otros lugares. / Que contra la verdad los pechos vuestros / no vayan, antes bien volved los ojos / mientras podáis remediar los fallos.]

Desde lo transitorio y regenerador, hasta lo circular constante del tiempo, los dos poetas se desengañan de las revelaciones cósmicas a medida que cambia la Naturaleza. En el marco bucólico, Garcilaso eleva efectivamente sus valores con respecto al tiempo: no sólo pone en evidencia su carácter profano y físico, sino que le confiere también un sentido sagrado. Y al mismo tiempo, en la mudanza del Universo, descubre un remedio para suspender el transcurso temporal, o mejor dicho, para rehabilitar continuamente el lapso. Esto es, imitar a los dioses en su creación del prototipo, con el fin de alcanzar la vida inmortal. Atendiendo a la declaración de Eliade:

> Al crear las diferencias realidades que constituyen hoy día el mundo, los dioses *fundaban asimismo el tiempo sagrado*, ya que el tiempo contemporáneo de una creación quedaba necesariamente santificado por la presencia y la actividad divina.
>
> El hombre religioso vive así en dos clases de tiempo, de las cuales la más importante, el tiempo sagrado, se presenta bajo el aspecto paradójico de un tiempo circular, reversible y recuperable, como una especie de eterno presente mítico que se reintegra periódicamente mediante el artificio de los ritos. [...] se esfuerza por incorporarse a un tiempo sagrado que, en ciertos aspectos, puede equipararse con la «eternidad»[1].

En la observación acerca del Sol, Petrarca ha tenido en cuenta lo despreciable de todas las búsquedas temporales; y del movimiento impulsado por la Naturaleza, ha deducido que debería depositar su esperanza (la vida eterna) en un sitio más estable:

> Però chi di suo stato cura o teme,
> proveggia ben, mertr'è l'arbitrio intero,
> fondare in loco stabile sua speme;
>   ché quant'io vidi il Tempo andar leggiero
> dopo la guida sua, che mai non posa,
> il nol dirò, perché poter non spero.
>
> (TT, vv. 43-48)

> [Así pues, quien se ocupe de su estado / procure bien, en tanto pueda hacerlo, / poner en sitio estable su esperanza; / que todo lo que vi correr al Tiempo / tras su guía, que no descansa nunca, / no lo diré por no poder hacerlo.]

Mientras que el poeta laureado encuentra su "loco stabile" en la historia y la poesía (vid. Ibíd., vv. 88-90), hasta en su propio corazón (como reflejará

---

[1]   Mircea Eliade, *Lo sagrado y lo profano*, cit., p. 54.

en el siguiente *Triumphus Eternitatis*, vv. 1-15), Garcilaso halla el suyo en el cultivo de la leyenda propia, ambientada en su tierra natal, según indica en nombre de la ninfa tejedora Nise:

> La blanca Nise no tomó a destajo
> de los pasados casos la memoria,
> y en la labor de su sotil trabajo
> no quiso entretejer antigua historia;
> antes, mostrando de su claro Tajo
> en su labor la celebrada gloria,
> la figuró en la parte donde'l baña
> la más felice tierra de la España.
>
> (Égloga III, vv. 193-200)

Allí, se localiza su *axis mundi* (ombligo del mundo), donde emprende la última fase de la eternización. Tal es el tema que dominará las siguientes páginas en nuestro trabajo.

B. Amor infinito, la perennidad

Petrarca aspira a lo perenne. Su ansiedad por esta cuestión no sólo se refleja en el último episodio de los *Triumphi*, sino que se señala de forma seria en el *Secretum*. En el Libro III de esta Prosa, el autor refiere unos versos que él mismo ha elaborado en el *Africa*, y hace una autorreflexión, por boca del maestro Agustín:

> ¿Qué voy a decirte ya de la limitación de la fama entre los mortales, de lo apremiante del tiempo, sabiendo tú como sabes lo muy breve y reciente, en comparación con la eternidad, de los más viejos renombres? [...]
>
> > *pues ha de ser mortal cuanto produce*
> > *trabajo de mortal, con vano ingenio,*
>
> convéncete con tus propios versos de tu descomunal puerilidad. Ah no,

no dejaré aún de atacarte con tus versecillos de poco menos:

cuando mueran los libros tú también
caerás: tercera muerte, así, te espera.

Ya conoces, pues, mi sentir sobre la gloria: sin duda lo he expuesto con más palabras de las que nos convenían a ambos, pero, en cualquier caso, con menos de las requeridas por el tema[①].

Desde el punto de vista del hombre primitivo, la eternidad consiste en el Universo; en la concepción de los filósofos de la Antigüedad clásica, ésta radica en el Uno absoluto; y de acuerdo con los hermeneutas medievales, es Dios, el Creador, el Omnipotente. En el *Triumphus Eternitatis*, Petrarca parece heredar la ideología de la tradición cristiana, depositando sus fuerzas infinitas "Nel Signor, che mai fallito / non à promessa a chi si fida in lui" [En el Señor, que una promesa / nunca ha incumplido a quien en Él espera] (TE, vv. 4-5). Sin embargo, al pormenorizar la lectura textual, advertimos que el poeta en realidad coloca su fuente de la eternidad en el interior de sí mismo. Al comienzo de esta pieza, el nuevo personaje, Corazón, aclara la duda del poeta:

Ma ben veggio che 'l mondo m'à schernito,
　e sento quel ch'i' sono e quel ch'i' fui,
　e veggio andar, anzi volare, il tempo,
　e doler mi vorrei, né so di cui,
　　ché la colpa è pur mia, che più per tempo
　deve' aprir li occhi, e non tardar al fine,
　ch'a dir il vero, omai troppo m'attempo.

(Ibid., vv. 6-12)

[Mas compruebo que el mundo me ha burlado, / comprendo lo que soy y lo que he sido, / cómo el tiempo se va, más, cómo vuela, / y sin saber de qué, quiero quejarme, / pero sólo es mi culpa, y más a tiempo / tuve

---

① Francesco Petrarca, *Secreto mío...*, cit., pp. 136-137. Y en torno a los versos citados, véase su *Africa*, II, vv. 455-456; 464-465.

que abrir los ojos, y al fin mío, / por decir la verdad, no confiarme.]

Petrarca retorna a sí mismo, y se sirve de su cuerpo como el eje del Universo con el fin de llegar a lo eterno. Eso corresponde a la doctrina antropocéntrica del Renacimiento, que aprecia el cuerpo humano como la criatura más perfecta de Dios, y a través de ése que se ve el saber excelente de Éste, y se comprueba el misterio de la Providencia[1]. En la Égloga III de Garcilaso, el meollo de su creación poética, se refleja la misma idea: la ventura y la fortuna nunca hacen bambolearse su ser psico-somático ni su corazón:

> a despecho y pesar de la ventura
> que por otro camino me desvía,
> está y estará tanto en mí clavada,
> cuanto del cuerpo el alma acompañada.
>
> (Égloga III, vv. 5-8)
>
> ....
>
> Pero, por más que'n mí su fuerza pruebe,
> no tornará mi corazón mudable;
> nunca dirán jamás que me remueve
> fortuna d'un estudio tan loable...
>
> (Ibid., vv. 25-28)

Efectivamente, ambos poetas muestran el teorema idéntico al modo de vivir del *homo religiosus*, que según la ontología arcaica, propende a lo sagrado, aspira a la obtención de la potencia, y procura vivir con eficacia en la existencia real, en busca de la eternidad. O mejor dicho, en términos precisos de Eliade:

> El hombre de las sociedades arcaicas tiene tendencia a vivir lo más posible *en* lo sagrado o en la intimidad de los objetos consagrados. Esta tendencia es comprensible: para los «primitivos», como para el hombre de todas las sociedades premodernas, lo *sagrado* equivale a la *potencia* y, en definitiva, a la *realidad* por excelencia. Lo sagrado está saturado

---

[1] En cuanto a tal concepto de la época, véase Fernán Pérez de Oliva, *Diálogo de la dignidad del hombre*, 2ª ed. Madrid, Compañía Ibero-Americana de Publicaciones, s/a, p. 53.

de ser. Potencia sagrada quiere decir a la vez realidad, perennidad y eficacia. La oposición sacro-profano se traduce a menudo como una oposición entre *real* e *irreal* o pseudorreal. [...] Es, pues, natural que el hombre religioso desee profundamente *ser*, participar en la *realidad*, saturarse de poder[1].

Por consiguiente, los poetas se hacen el dios-creador, y en su propio cosmos, levantan la *universalis columna* en comunicación con la tierra, el cielo y las regiones infernales. Esto es, desde la perspectiva crónica, una unión del presente, el futuro y el pasado.

1) Encuentro del *axis mundi*. El humanismo del Renacimiento ha influido mucho en los intelectuales y artistas de la época sobre su tratado del mundo. Consideran que el hombre es el ser supremo de todo el Universo: por un lado, su cuerpo físico participa de la naturaleza animal; y por otro, su alma racional toma parte del ámbito sobrenatural. El hombre se convierte en el mejor medio de comunicación entre los dos mundos, si desarrolla su vida en la atmósfera de lo terrenal, y coloca su esperanza más allá de la realidad. A saber, el valor de la existencia humana está proyectado hacia el porvenir, y se manifiesta en la tensión entre el presente y el futuro[2]. En su *Triumphus Eternitatis*, Petrarca deposita la confianza en su propio corazón, el cual declara:

> Ma tarde non fur mai gratie divine;
> in quelle spero che'n me anchor faranno
> alte operatïoni e pellegrine.
>
> (TE, vv. 13-15)

[Mas la gracia divina nunca tarda, / y en aquélla confío, que en mí puede / hacer grandes acciones todavía.]

---

[1]   Mircea Eliade, *Lo sagrado y lo profano*, cit., pp. 15-16.

[2]   Francisco Garrote Pérez, *Naturaleza y pensamiento en España en los siglos XVI y XVII*, Salamanca, Universidad de Salamanca, 1981, p. 63.

Realizando una homologación entre el cuerpo y el cosmos, el poeta reconoce el cuerpo humano por el Universo, y el corazón por el centro del espacio. Y por medio de este eje, se llega a otro mundo superior. La idea corresponde igualmente a su declaración en la eminente prosa *Secretum*. Por boca del guía maestro, Agustín, opina que "atiende a las constantes llamadas del alma, a sus invitaciones; oye como te dice: «Este es el camino a la patria»"[1]. Supone que el *axis mundi* está exactamente en su propio alma-corazón, y con base en el mismo, llevará a cabo la búsqueda de la eternidad. Aún más, mediante el mismo, dará lugar a la creación continua y perenne. De acuerdo con el psicoanálisis mítico de Campbell, al tratar de las hazañas heroicas del protagonista ficticio:

> [...] el héroe como encarnación del Dios es el ombligo del mundo, el centro umbilical a través del cual las energías de la eternidad irrumpen en el tiempo. De este modo el ombligo del mundo es el símbolo de la creación continua; el misterio del mantenimiento del mundo por medio del continuo milagro de la vivificación que corre dentro de todas las cosas[2].

Eso sí, después de atender a las palabras sinceras de su corazón, Petrarca percibe que el mundo puesto ante la vista se muestra más bello, más sereno y más constante. O sea, deviene totalmente nuevo. Y mientras tanto, ya no existe más distinción temporal entre el presente, el futuro y el pasado, sino que las tres partes se unen, reducidas a un punto inmóvil, donde está el poeta. Según reflexiona con soliloquio:

> Questo pensava; e mentre più s'interna
> la mente mia, veder mi parve un mondo
> novo, in etate immobile ed eterna,
>
> e 'l sole e tutto 'l ciel disfar a tondo
> con le sue stelle, anchor la terra e 'l mare,
> e rifarne un più bello e più giocondo.

---

[1] Francesco Petrarca, *Secreto mío...*, cit., p. 141.

[2] Joseph Campbell, *op. cit.*, p. 45.

(TE, vv. 19-24)

[Esto pensaba, y mientras más hundía / el pensamiento en ello, un mundo nuevo / me pareció entrever eterno y quieto, / y deshacerse el sol y todo el cielo / con sus astros, los mares y la tierra, / y surgir de entre aquello otro más bello.]

....

E le tre parti sue vidi ristrecte
ad una sola, e quella una esser ferma
sì che, come solea, più non s'affrette;

e, quasi in terra d'erbe ignuda ed herma,
né «fia», né «fu», né «mai», né «inanzi» o «'ndietro»,
ch'umana vita fanno varia e 'nferma!

(Ibid., vv. 28-33)

[Y vi que sus tres partes se quedaban / reducidas a una, y ésta inmóvil, / para que no corriese como hacía; / e igual que si de un yermo se tratara, / no habrá «fue», ni «será», ni «antes», ni «ahora», / que tan cambiantes hacen nuestras vidas.]

Una expresión similar está reflejada por Dante en su *Paraíso*. En el Cielo Estrellado, el poeta-viajero, acompañado de su amor Beatriz, levanta su cabeza hacia arriba (un acto simbólico de la contemplación del orden celestial)[1], y descubre en seguida, su propio eje de conducta. Por lo cual, supera repentinamente las barreras del espacio-tiempo, y asciende al Cielo Cristalino, donde predomina el mismo amor. Así esclarece Beatriz al poeta en qué consiste la fuerza de su subida:

---

[1] Una tradición importante que se remonta a la Antigüedad clásica. Se trata del estrecho enlace entre el ser humano y la Naturaleza. La concepción ya está bien expresada en la tragedia helenística. Por ejemplo, en la obra de Eurípides, *Las bacantes*, Ágave (madre del rey de Tebas, Penteo) se puso fanática por cultos bacanales, y asesinó inconsciente a su hijo, el rey. Hasta le quitó la cabeza para lucir como trofeo. Pues, al final, a la petición de su padre Cadmo, alzó la cara para contemplar el cielo —ordenado y armónico—, y a ella le parecía aún más brillante y claro éste, en contraste con la oscuridad y el disturbio de su mente. En seguida, recobró su raciocinio, y se arrepintió de los errores que había cometido (véase el último acto de la tragedia: Eurípides, *Las Bacantes*, en *Tragedias III*, edición y traducción de Juna Miguel Labiano, 3ª ed., Madrid, Cátedra, 2007, pp. 311-312, vv. 1246-1270).

La natura del mondo, che quieta
il mezzo e tutto l'altro intorno move,
quinci comincia come da sua meta;

e questo cielo non ha altro dove
che la mente divina, in che s'accende
l'amor che il volge e la virtú ch'ei piove.

Luce ed amor d'un cerchio lui comprende,
sí come questo li altri; e quel precinto
colui che 'l cinge solamente intende[1].

[La natura del mundo, que está quieta / en su centro, mas todo en torno mueve, / comienza aquí desde su propia meta; / y este cielo asentarse sólo debe / en la mente divina, en que se enciende / el amor por quien gira y virtud llueve. / De luz y amor un cerco lo comprende, / como él a los demás; y a este recinto / el que lo ciñe solamente entiende.]

Bajo el escolasticismo medieval, Dante atribuye el poder inmortal al Señor. Y debido a la prevalencia del espiritualismo clásico en los albores del Renacimiento[2], Petrarca lo deposita en su propio alma-corazón. Como hemos señalado en el texto más atrás, pese a la transfiguración de la imágen significante por causas socio-culturales, históricas y temporales, el contenido que implica el símbolo se queda invariable. El poeta toledano, por su parte, proyecta lo eterno en su propia ciudad de nacimiento. Esto coincide con la teorío de la homologación casa-cuerpo-cosmos de Eliade. El antropólogo supone lo particular de la transición y el intercambio mutuo entre el cuerpo humano y el espacio, por lo cual el hombre llega a estar "abierto" al mundo, con motivo de encontrar la vida santificada e inmortal. Aclara el estudioso:

---

[1] Dante Alighieri, *Comedia. Paraíso*, edición bilingüe, traducción, prólogo y notas de Ángel Crespo, 1ª ed. en Biblioteca Formentor, Barcelona, Seix Barral, 2004, canto XXVII, vv. 106-114.

[2] Petrarca es un profundo senequista. En torno a su espiritualismo clásico, Renaudet opina que al poeta renacentista le gustaba tanto o más Séneca que Cicerón, y lo elogiaba para parecerse a ese mismo. Véase Augustin Renaudet, *Études érasmiennes (1521-1527)*, París, Librairie E. Droz, 1939, p. 55.

Que el hombre religioso no puede vivir más que en un mundo «abierto», hemos tenido ocasión de comprobarlo al analizar la estructura del espacio sagrado: el hombre ansía situarse en un «centro», allí donde exista la posibilidad de entrar en comunicación con los dioses. Su habitación es un macrocosmos; su cuerpo, por lo demás, también lo es. La homologación casacuerpo-cosmos se impuso bastante pronto. [...].

En una palabra: al instalarse conscientemente en la situación ejemplar para la cual está en cierto modo predestinado, el hombre se «cosmiza», reproduce a escala humana el sistema de condicionamientos recíprocos y de ritmos que caracteriza y constituye un «mundo», que define todo universo. La equiparación desempeña igualmente un papel en el sentido contrario: a su vez, el templo o la casa se consideran como un cuerpo humano. [...] cada una de estas imágenes equivalentes —cosmos, casa, cuerpo humano— presenta o es susceptible de recibir una «abertura» superior que haga posible el tránsito al otro mundo[1].

Aquí, la "casa" aparte de ser un templo o santuario, puede consistir en una ciudad sagrada.[2] En el dibujo poético de Garcilaso, se abarcan tales caracteres exclusivos: el monte elevado y ennoblecido está decorado de un macizo de edificios bien históricos y eminentes, los cuales se siembran como astros brillantes de los cielos ("aquella ilustre y clara pesadumbre"), y subrayan al par la solemnidad y gloria de la ciudad de Toledo:

> Estaba puesta en la sublime cumbre
> del monte, y desd'allí por él sembrada,
> aquella ilustre y clara pesadumbre
> d'antiguos edificios adornada.
> D'allí con agradable mansedumbre
> el Tajo va siguiendo su jornada
> y regando los campos y arboledas
> con artificio de las altas ruedas.
>
> (Égloga III, vv. 209-216)

---

[1] Mircea Eliade, *Lo sagrado y lo profano*, cit., pp. 126-127.

[2] Cfr. Ibid., pp. 32-36.

Un trazado armónico, y de buen virtuosismo. La "pesadumbre" de la montaña cargada contrasta con la "mansedumbre" del discurrir dilatado y agradable del río; la "sublime cumbre" se contrapone a los planos "campos y arboledas"; el erguimiento de "las altas ruedas" de azudes coincide con la "jornada" de las aguas fluviales que pasan. Así, en la perspectiva estética, se configuran en efecto dos líneas imaginarias: la una, vertical; la otra, horizontal[1]. Por un lado, se hace resaltar la serenidad y grandeza de la ciudad; y por otro lado, atendiendo a la iconografía clásica, el entramado cruciforme implica una divinidad en lo profundo del ámbito, tal y como la tensión dramática del Greco muestra en su pintura paisajística (vid. las figuras en la siguiente página)[2]. En este entorno, el poeta establece un vínculo entre la tierra y el cielo, y emprende la tarea de consagrar y deificar a su amor, como las diosas del bosque practican los funerales a la ninfa muerta:

> En la hermosa tela se veían,
> entretejidas, las silvestres diosas
> salir de la espesura, y que venían
> todas a la ribera presurosas,
> en el semblante tristes, y traían
> cestillos blancos de purpúreas rosas,
> las cuales esparciendo derramaban
> sobre una ninfa muerta que lloraban.
>
> (Ibid., vv. 217-224)

---

[1]   En cuanto al análisis de la expresión pictórica de Garcilaso en su obra pastoril, véase el estudio textual de Antonio Gallego Morell, en *Églogas*, cit., p. 163.

[2]   De hecho, los versos garcilasiano ejercen ciertos influjos en el arte de El Greco, véase la observación de Dámaso Alonso, "Garcilaso y los límites de la estilística", *Obras completas IX*. *«Poesía española» y otros estudios*, Madrid, Gredos, 1989, pp. 72-83.

Fig. 8. *El Greco*, Vista de Toledo *(1597-1607), Oleo sobre lienzo, 121 × 109 cm, Museo Metropolitano, Nueva York*[1].

Fig. 9. *El Greco*, Vista y plano de Toledo *(h. 1610), Oleo sobre lienzo, 132 × 228 cm, Museo del Greco, Toledo*[2].

---

[1]   Fuente de la imagen: http://ibiblio.org/wm/paint/auth/greco/ (WebMuseum, París: El Greco) [Fecha de consulta: 14/11/2020].

[2]   Fuente de la imagen: http://www.lib-art.com/artgallery/11777-view-and-plan-of-toledo-el-greco.html (Lib-Art) [Fecha de consulta: 14/11/2020].

2) *Recreación del mito*. En el Renacimiento, la preponderancia del mito sobre los artistas no se ciñe a su expresión del arte (el código semántico y la señal simbólica, por ejemplo), sino que se extiende, como reducto de estímulos, a su comprensión general y polifacética del mundo[1]. Entre las líneas de estudios antropólogo-sociales de Eliade, advertimos que el mismo estudioso propone una serie de interrogaciones con el fin de deliberar sobre la cuestión de la ligazón entre la historia y el mito: ¿Por qué el mito no se entierra en el olvido después de tantos siglos? ¿Es auténtica la historia que se queda en el registro del mito? ¿Por qué los asuntos particulares son olvidables en la memoria comunitaria? ¿Cómo la historia se transforma, entrando en el mundo mítico, y deviene inmortal como legado de toda la humanidad? Al reconocer el conjunto primitivo de la mentalidad popular, descubriremos las respuestas apropiadas:

> La memoria colectiva es ahistórica. Esta afirmación no implica establecer un «origen popular» de folklore ni defender la teoría de la «creación colectiva» respecto a la poesía épica. [...] Sólo queremos decir que [...] el recuerdo de los acontecimientos históricos y de los personajes auténticos es modificado al cabo de dos o tres siglos, a fin de que pueda entrar en el molde de la mentalidad arcaica, que no puede aceptar lo *individual* y sólo conserva lo *ejemplar*. Esta reducción de los acontecimientos a las categorías y de los individuos a los arquetipos, realizada por la conciencia de las capas populares europeas casi hasta nuestros días, se efectúa de conformidad con la ontología arcaica[2].

Digamos que, durante el proceso de asimilación, las historias y los caracteres singulares de los que goza el personaje de los acontecimientos particulares sufren ciertos avatares y deformaciones. No obstante, este tipo de abolición consituye exactamente las fuerzas o los mecanismos que convierten los sucesos mudables en mitos y fábulas legendarias de perennidad intemporal.

---

[1] Véase el análisis detallado de Carlos García Gual, *Introducción a la mitología clásica*, 4ª reimpresión, 1ª edición en «Área de conocimiento: Humanidades», Madrid, Alianza, 1999, pp. 183.

[2] Mircea Eliade, *El mito...*, cit., p. 51.

Al influjo de los conceptos de Sigmund Freud y Carl Gustav Jung, dicho antropólogo norteamericano aún más trata de los mensaje e imágenes que existen en el recuerdo humano desde un punto de vista psicológico, opinando sobre la veracidad y la eficacia, así como los valores de lo mítico, en contraste con lo histórico: "El mito era el que contaba la verdad: la historia verdadera no era sino mentira. El *mito* no era, por otra parte, cierto más que en tanto que proporcionaba a la *historia* un tono más profundo y más rico: revelaba un destino trágico"[1].

Aunque los creadores renacentistas probablemente no gozan de tales conciencias teóricas, se deben haber desengañado del principio inmutable durante su observación de los cambios cósmicos. Por consiguiente, en su Rima CCCXXIII, Petrarca se sirve de seis alegorías para confeccionar las imágenes de la muerte de su amor, Laura. Expongo aquí el resumen de cada una, junto con su sentido alusivo que opina el erudito italiano, Santagata, en su edición comentada.

a) Standomi... dura sorte (vv. 1-12): Una fiera hermosa "con fronte humana" [con rostro humano] matada por un perro blanco (día) y uno negro (noche), simboliza la muerte fulminante y prematura de una gran belleza[2].

b) Indi per alto... seconde (vv. 13-24): Una nave ricamente adornada y cargada de "ricca merce honesta" [honesta y rica mercancía] (la virtud femenina) hundida por una improvista tormenta oriental en el mar tranquilo, implica que la peste del 1348 acarrea un desastre a la humanidad. Según anota el estudioso, ésta es la primera vez donde la nave, símbolo recurrente a la vida humana, se refiere al amor del poeta, Laura[3].

c) In un boschetto... si racquista (vv. 25-36): Un laurel de "i rami santi" [las ramas sagradas] y de cuya "ombra uscian sí dolci canti" [sombra salían tantos cantos], arrancado por un relámpago anormal, alude a

---

[1]   Ibid., p. 53.

[2]   Cfr. Marco Santagata, estudios textuales, en *Canzoniere*, cit., pp. 1231-1233.

[3]   Cfr. Ibid., pp. 1233-1234.

la pérdida antinatural de la poesía que proviene del laurel (Laura)[1]. Según declara Petrarca al final de esta visión alegórica "ché simile ombra mai non si racquista" [pues sombra parecida ya no encuentro], pone en evidencia el sentido auténtico del árbol: la inspiración del amor y de la poesía.

d) Chiara fontana... mi sgomento (vv. 37-48): Una fuente de las "acque fresche et dolci" [aguas frescas y dulces] secada por un "speco" [remolino o vorágine] que se abre, metaforiza el agotamiento de la hipocrena poética. Aunque la retirada acuática se remonta a un fenómeno histórico del río Sorga en Vaucluse, donde murió Laura, la imagen no puede sin revestirse de valor simbólico, que como el laurel de la visión alegórica anterior y la fénix de la siguiente, alude a la poesía, en consonancia con las "nimphe et muse a quel tenor cantando" [ninfas y musas con sus cantos]. Por lo demás, la grieta y las rocas en las aguas cuentan con un sentido metafórico de la caída en el pecado o del inframundo[2]. Mientras tanto, a juicio de la tradición lírica, la fuente configura el *locus amoenus* de placeres y alegrías[3]. Agrega el mismo estudioso que en esta imagen, la simbología parece abandonar el referente femenino, porque la fuente no se interpreta como signo de la elocuencia de Laura o del duplicado de su virtud[4]. Es decir, el cultivo del poeta ya se aleja poco a poco de su propia vivencia de amor.

e) Una strania... m'arse (vv. 49-60): Una fénix "di porpora vestita, e 'l capo d'oro" [de púrpura y dorada la cabeza] que "volse in se stessa il becco" [contra sí volvió el pico] para suicidarse y, a la vez, arde el

---

[1] Cfr. Ibid., pp. 1234-1236.

[2] Cfr. Ibid., pp. 1236-1238.

[3] Según la tradición lírica, las fuentes normalmente simbolizan el sitio ideal para el encuentro del amor. Véanse los estudios de Margit Frenk, "Símbolos naturales en las viejas canciones populares hispánicas", *Lírica popular / lírica tradicional. Lecciones en homenaje a Don Emilio García Gómez*, editor Pedro M. Piñero Ramírez, Sevilla, Universidad de Sevilla / Fundación Machado, 1998, pp. 159-182; y asimismo los detallados de Egla Morales Blouin, *El ciervo y la fuente. Mito y folklore del agua en la lírica tradicional*, Madrid, José Porrúa Turanzas, 1981, pp. 35-63.

[4] Marco Santagata, estudios textuales, en *Canzoniere*, cit., p. 1236.

pecho de amor y piedad por el poeta, quiere decir la muerte anormal de una mujer distinguida, y la aspiración por la revivificación eterna del enamorado. A pesar de que se exponen inconfundibles referencias a Laura en la alegoría, su sentido simbólico ha superado la persona de la amante. Mientras que la fénix simboliza la unicidad irrepetible de Laura, la muerte del ave inmortal trata de un evento contra las leyes de la Naturaleza. Esta fénix-poesía no hace renacer a Laura, ni confiere poderes vivificadores a los símbolos referentes a la misma, sino que recalca la impotencia de la poesía. Su muerte es de hecho un renacimiento en la vida eterna, que reflejará la siguiente estrofa: Laura-Eurídice. Como anota el comentarista, en esta imagen alegórica, el poeta tiene en cuenta que la simbología poética construida en sí misma por el amante no puede tener ningún futuro[1].

f) Alfin vid'io... al mondo dura (vv. 61-72): Una hermosa mujer mordida en el talón por una serpiente entre hierbas y flores, se refiere a la muerte de la figura mitica, Eurídice. El canto de Orfeo no alcanza redimir a Eurídice del infierno, así como la poesía de Petrarca es incapaz de salvar a Laura de la muerte. De acuerdo con Santagata, desde la primera formulación de la visión, el poeta trata de negar la posibilidad de sobrevivir a la muerte, tanto a la poesía como a la misma Laura. Con el verso "lieta si dipartio, nonché secura" [alegre se marchó y hasta segura], se advierte que el poeta, junto con su poesía-Laura, se alegra de dejar esta vida mundana, y se asegura de la otra que le espera. En los versos petrarquescos, se lee la muerte de Laura-Eurídice con una perspectiva laica, libre de consolación religiosa. Y en la redacción definitiva, la muerte de la dama tiene, en cambio, el aspecto de una muerte sagrada, inscrita en el orden providencial. Entiéndase por ello: como la catástrofe no infringe leyes naturales o divinas, Laura, convertida en un mito, resucita después de la muerte[2].

---

[1] Cfr. Ibid., pp. 1238-1240.

[2] Cfr. Ibid., pp. 1240-1243.

En resumen, por medio de la "fenestra" [ventana] mental en su profundidad, Petrarca muestra seis representaciones simbólicas que se enfocan en el mismo tema trágico: "la maravilla de Laura viva, el desastre de su muerte"[1]. Del fallecimiento al renacimiento, la figura de Laura sufre ciertos avatares. La bella *fiera* con rostro humano, inconfundible alusión a la dama, se transfigura en la *nave*, que simboliza la vida humana; de ésta, en el *laurel*, de sentido alusivo a la inspiración del amor y de la poesía; y de éste, en la *fuente*, referente a las musas del mismo poeta; luego de ésta, en el ave inmortal, *fénix*, que significa la unicidad irrepetible de su Laura-poesía; y al final de ésta, en *Eurídice*, que connota la inmortalidad del mito. Es decir, que se experimenta una trayectoria de la universalización de experiencias personales.

Por añadidura, desde mi punto de vista, en la última alegoría, el maestro laureado no sólo reproduce la imagen de la figura ficticia, sino que pone en evidencia su alusión al fallecimiento del propio amor. Aún más, sintetiza en la última visión las alegorías que ha mencionado en los versos anteriores, con el fin de fomentar la impresión mortuoria en el recuerdo del lector: la muerte violenta de una mujer bella (fiera) y única (fénix), a causa de la fatalidad (tormenta), dañando la musa del poeta (laurel), y evaporando sus tiempos felices (fuente). He aquí los versos de la última estrofa, con los que muestro sus coincidencias con el resto de las alegorías:

> Alfin vid'io per entro i fiori et l'erba
> pensosa ir si leggiadra et bella donna
> che mai nol penso ch'i' non arda et treme:
> — la fiera
>
> humile in sé, ma 'ncontra Amor superba;
> et avea indosso sí candida gonna,
> sí texta, ch'oro et neve parea inseme;
> — la fénix
>
> ma le parti supreme
> eran avolte d'una nebbia oscura:
> punta poi nel tallon d'un picciol angue,
> — la tormenta

---

[1] Kenelm Foster, *Petrarca. Poeta y humanista*, trad. Helena Valentí, Barcelona, Crítica, 1989, p. 118.

come fior colto langue,   —— el laurel

lieta si dipartio, nonché secura.   —— la fuente

(Ibid., vv. 61-71)

[Entre hierbas y flores finalmente / a una hermosa mujer vi pensativa, / que siempre que lo pienso tiemblo y ardo; / humilde en sí, mas contra Amor soberbia; / y llevaba tan cándidos vestidos / que parecían juntos oro y nieve; / mas la parte más alta / en su niebla oscura estaba envuelta, / y al morderle el talón una serpiente, / cual flor que se marchita, / alegre se marchó y hasta segura.]

Al final de la misma alegoría, el poeta agrega un verso: "Ahi, nulla, altro che pianto, al mondo dura!" [¡Triste de mí que sólo dura el llanto!] (Ibid., v. 72); como si se tratase de una bendición a su propia fábula legendaria, igual que los cantares y llantos órficos en el inframundo. Los personajes históricos se transfiguran en el recinto del mito, y se les confieren factores sobrenaturales para destacar sus caracteres legendarios. De ahí que los acontecimientos singulares se reduzcan a categorías, y siguiendo a ciertos modelos ejemplares, se conviertan en ahistóricos e intemporales, hasta participar de la memoria colectiva. No importa cuándo muera, el poeta ya no se preocupa de lo que se difumine su amor y su arte. Según se dirige a la misma pieza, en cuanto termina la creación:

Canzon, tu puoi ben dire:
—Queste sei visïoni al signor mio
àn fatto un dolce di morir desio.—

(Ibid., vv. 73-75)

[Canción, decir podrías: / «Las seis visiones estas a mi dueño / le han hecho desear dulce la muerte.»]

Por otro lado, Garcilaso muestra con destreza su redacción de los mitos, mediante las telas bordadas por cuatro ninfas. Según proclama el poeta antes de su narración de la última obra pastoril:

De cuatro ninfas que del Tajo amado
salieron juntas, a cantar me ofrezco:
Filódoce, Dinámene y Climene,
Nise, que en hermosura par no tiene.

(Égloga III, vv. 53-56)

Todo esto merece un desarrollo, pero de momento hay un verso que debe retener nuestra atención: "Nise, que en hermosura par no tiene". Aquí, la eminencia aparente de la ninfa ya ha anticipado al lector lo particular y lo extraordinario de su cuento que elaboraría en su tela. Es verdad. Mientras que sus compañeras eligen los mitos antiguos como tema de tejido, ella ambienta su historia en un sitio más cerca de donde vive ella misma, la ribera del Tajo, que "baña / la más felice tierra de la España" (vid. Ibid., vv. 199-200). Y ésta es la ciudad de Toledo, donde nació Garcilaso y pasaba un veintenar de años en toda su vida. Evidentemente, la última náyade se convierte en el portavoz del poeta. Por lo cual, cuando su historia se equipara con los demás mitos clásicos, su elaboración se convierte en un hecho imitativo. Aún más, entre líneas, sobre todo por la frase señalada "que en hermosura par no tiene", se refleja su intento de emulación, o sea, superación de los modelos paradigmáticos. De modo que a continuación, haré en primer lugar un resumen de cada relato. Luego, yuxtapondré el último de Nise con el resto de Filódoce, Dinámene y Climene, a fin de aclarar su intertextualidad. Se tendrá en cuenta cómo el poeta llega a establecer una correlación entre su vivencia personal y los mitos comunitarios, y muestra que tanto su amor como su arte son inmortales. He aquí el extracto de cada cuento:

a) Filódoce (vid. Ibid., vv. 121-144): describe que en un *locus amoenus* de la ribera de Estrimón, Eurídice fue mordida en el pie blanco por una serpiente escondida entre hierba y flores, y murió como rosa "que ha sido fuera de sazón cogida". El amante-flautista Orfeo entró en el reino de Hades, tratando de recuperar la vida de "la mujer perdida". Pero, a causa de su impaciencia, se volvió a mirarla antes de salir del infierno, y la perdió otra vez.

b) Diámene (vid. Ibid., vv. 145-168): dibuja que Cupido, con "la vengativa mano", hizo que Apolo se encontrase enamorado furiosamente de Dafne; sin embargo, "él va siguiendo, y ella huye" con odio. Al final, el amante como testigo, miraba la metamórfosis de la mujer en árbol: sus brazos se convirtieron en ramos; sus cabellos rubios "que vencer solían / al oro fino", en hojas; sus pies, en raíces. Y por más que llorase el amante, no pudo encontrar de nuevo "el ser primero".

c) Climene (vid. Ibid., vv. 169-192): traza que Adonis salió de caza por los arbustos de una gran montaña, y encontró un jabalí "de braveza estraña" y con colmillos agudos. Desafortunadamente, el mozo fue herido "abierto el pecho del rabioso diente", y sangraba mucho hasta colorar "las rosas blancas por allí sembradas". La diosa Venus vino a expresar su dolor por la muerte de su amante, besando el cadáver en señal de luto, y asimismo le llevó el último aliento "al alto cielo".

d) Nise (vid. Ibid., vv. 193-264): especifica que en la ribera del Tajo, "las silvestres diosas" hicieron los funerales de una ninfa "igualada" o "degollada"[1], que murió como "flor cortada", y asimismo como "el

---

[1] A partir del Siglo de Oro, ya existe la discrepancia del empleo léxico en el verso 230 de la Égloga III de nuestro poeta. Mientras que el más renombrado comentarista Herrera cree que la ninfa "estaba entre las hierbas degollada" (que significa "desangrada", en referencia a la muerte de Isabel Freyre de sobreparto), Tamayo cita la idea de Francisco Sánchez de las Brozas (reconocido por El Brocense), quien ha consultado "un libro muy antiguo de mano", y supone que la ninfa estaba "igualada", que significa en la lengua actual "amortajada" por la hierba verde que la rodea. Véanse *Comentarios de Fernando de Herrras (1580)*, cit., p. 582, H-809; *Comentarios de Tomás Tamayo de Vargas (1622)*, en *Garcilaso de la Vega y sus comentaristas...*, cit., pp. 656-657, T-161; y *Comentarios de Francisco Sánchez de las Brozas (1574)*, en Ibid., p. 301, B-244.
Eso provoca, asimismo, ciertas polémicas entre los editores y críticos de nuestro tiempo contemporáneo. Por una parte, los estudiosos como Rafael Lapesa, Alberto Blecua y Bienvenido Morros apoyan la versión del libro antiguo manual, y consideran que se ha de leer "igualada" (tendida) o se sugiere la enmienda por "iugulada" (herida en la vena yugular). Por otra parte, las lecturas autorizadas por Tomás Navarro Tomás y Elias L. Rivers siguen la edición *princeps* (1542), en concordancia con la opinión de Herrera, adaptando el término "degollada" (herida en el cuello o desangrada). Sea cual sea, la mayoría de los críticos rechazan el sentido violento y brutal de que la ninfa estaba "decapitada", o sea "con el cuello dislocado o doblado". Obsérvense las explicaciones de Bienvenido Morros, nota textual, en *Obra poética...*, cit., p. 241; Elias L. Rivers, estudio textual, en *op. cit.*, pp. 441-442.
Por añadidura, en 1985, Rafael Lapesa saca a luz su obra *Garcilaso: Estudios completos*, que consiste en la edición corregida y aumentada de *La trayectoria poética de Garcilaso*. Se le

blanco cisne cuando pierde / la dulce vida entre la hierba verde". Una de las diosa presentes escribió unas letras en la corteza de un álamo, mostrando no sólo la identidad de la fallecida (Elisa), sino también como homenaje a su amor: "responde el Tajo, y lleva presuroso / al mar de Lusitania el nombre mío".

Cada uno de los tres primeros cuentos está compuesto por tres estrofas en octava real, y en contraste con el último, por nueve. Queda así notorio el motivo que el poeta querría subrayar: la muerte de Elisa en Toledo, donde pasa el Tajo y lleva su fama ("el nombre mío") a Lusitania. Equiparando la identidad de la susodicha ninfa muerta con la amante del poeta (bien su numen Isabel Freyre, bien su cuñada Doña Beatriz de Sá, según hemos mencionado en la página inicial del presente trabajo), advertiremos que Garcilaso aprovecha numerosas señales de referncia para proyectar su propia historia de amor en el "sotil trabajo" (vid. Ibid., v. 195) de la ninfa Nise, con motivo de mitificar el acontecimiento individual y el sentimiento privado. A saber, conforme a la ontología arcaica de Eliade, substituye la historia singular por categoría, y mediante la abolición de la personalidad, desea que se convierta en un recuerdo ahistórico e inmortal de toda la humanidad[1].

---

agrega un nuevo Apéndice III, en el cual proclama que la "degollada" no quería decir única y exclusivamente "decapitada", sino que, obedeciendo a las exigencias estéticas de Garcilaso, sugiere el sentido de "herir en la garganta provocando la muerte sin decapitar" (Cfr. Rafael Lapesa, Apéndice III "Poesía y realida. Destinatarias y personajes de los poemas garcilasianos de amor. Isabel Freyre, la ninfa «degollada»", en *Garcilaso: estudios completos,* Madrid, Istmo, 1985, pp. 199-210). Este esclarecimiento ha provocado amplias repercusiones de estudios. Por ejemplo, el hispanista italiano Mario di Pinto, en una perspectiva toponímica, descubre la existencia del "Val de la Gollada" próximo a Toledo, y lee que la ninfa debería fallecer en el mismo sitio (Cfr. Mario di Pinto, "Non sgozzate la ninfa Elisa", *Collanda di Testi e Studi Ispanici,* Pisa, Giardini Editori e Stampatori, 1986, pp. 123-143). Y Porqueras Mayo basa su visión en un cuadro renacentista de Piero di Cosimo, y ve que la ninfa del poeta, como la figura mítica Procris bajo el pincel del pintor, está tendida en un prado y herida de punta en la garganta (Cfr. Alberto Porqueras Mayo, "La ninfa degollada de Garcilaso (Égloga III, vv. 225-232)", *Temas y formas de la literatura española,* Madrid, Gredos, 1972, pp. 128-140). Por lo demás, atendiendo a la indumentaria renacentista, Granja defiende que al hablar de la ninfa "degollada", se debe entender que "su vestido está desprovisto de cuello y, por paradójico que parezca, lo que desea es presentarla a cuello descubierto, en su más cándida hermosrua" (Cfr. Agustín de la Granja, "Garcilaso y la ninfa «degollada»", *Criticón,* Nº 69 [1997], pp. 57-65).

[1]   Cfr. Mircea Eliade, *El mito...,* p. 51.

Es más, al leer este poema eclógico desde el punto de vista de la intertextualidad, tendremos en cuenta que la última leyenda de Elisa coincide con las imágenes de los mitos clásicos que reflejan las demás tejedoras sobrenaturales. Aquí, enseño las tres estrofas dedicadas a la descripción de la ninfa muerta y a su funeral celebrado por las silvestres diosas, y las divido en cinco bloques en yuxtaposición con los fragmentos donde se evidencian las imágenes de los personajes míticos. Con el siguiente esquema hipotético, trato de hacer resaltar los préstamos garcilasianos del modelo arquetípico durante su proceso de mitificación:

(Eurídice)

Todas, con el cabello desparcido,
lloraban una ninfa delicada,
cuya vida mostraba que había sido
antes de tiempo y casi en flor cortada;

(vv. 225-228)

Eurídice, en el blanco pie mordida
de la pequeña sierpe ponzoñosa,
entre la hierba y flores escondida;
descolorida estaba como rosa
que había sido fuera de sazón cogida...

(vv. 130-134)

(Adonis)

cerca del agua, en un lugar florido,
estaba entre las hierbas igualada
cual queda el blanco cisne cuando pierde
la dulce vida entre la hierba verde.

(vv. 229-232)

y el mozo en tierra estaba ya tendido,
abierto el pecho del rabioso diente,
con el cabello d'oro desparcido
barriendo el suelo miserablemente;
las rosas blancas por allí sembradas
tornaban con su sangre coloradas.

(vv. 179-184)

Una d'aquellas diosas que'n belleza
al parecer a todas ecedía,
mostrando en el semblante la tristeza
que del funesto y triste caso había,
apartada algún tanto, en la corteza
de un álamo unas letras escribía
como epitafio de la ninfa bella
que hablando ansí por parte della:

(vv. 233-240)

(Orfeo)

el osado marido, que bajaba
al triste reino de la escura gente
y la mujer perdida recobraba...

(vv. 138-140)

(Dafne y Apolo)

Mas a la fin los brazos le crecían
y en sendos ramos vueltos se mostraban;
y los cabellos, que vencer solían
al oro fino, en hojas se tornaban;
en torcidas raíces s'estendían
los blancos pies y en tierra se hincaban;
llora el amante y busca el ser primero,
besando y abrazando aquel madero.

(vv. 161-168)

«Elisa soy, en cuyo nombre suena
y se lamenta el monte cavernoso,
testigo del dolor y grave pena
en que por mí se aflige Nemoroso
y llama: 'Elisa', 'Elisa';

(vv. 241-245)

(Venus)

boca con boca coge la postrera
parte del aire que solia dar vida
al cuerpo por quien ella en este suelo
aborrecido tuvo al alto cielo.

(vv. 189-192)

a boca llena
responde el Tajo, y lleva presuroso
al mar de Lusitania el nombre mío,
donde será escuchado, yo lo fío».

(vv. 245-248)

En el primer bloque, el cadáver de la ninfa, tan delicado como "flor cortada" que se localiza en la ribera del río, está en contraste con la hermosa Eurídice, mordida por una serpiente, que se tiende entre las flores como "rosa descolorida".

En el segundo, la ninfa "igualada" o "degollada" entre las hierbas, tan grave como el "blanco cisne" que pierde su vida en el prado, coincide con la imagen de Adonis, "abierto [en] el pecho", que sangra, colorando "las rosas blancas" circundantes.

En el tercero, la escritura de la deidad como inscripción en homenaje al amor y la muerte de la ninfa, expresa un sentido idéntico al recobro órfico de "la mujer perdida", puesto que ambos hechos aluden a un intento de prolongar la vida[1].

En el cuarto, el nombre de Elisa está difundido en la Naturaleza, como

---

[1]   Según dice Petrarca en el *Secretum*, quien cita sus propios versos de *África* como apoyo conceptual, el epitafio es la segunda vida de los mortales. Cuando se arruina la tumba o se vuelve borrosa la inscripción de encima, eso quiere decir la segunda muerte. Cfr. Francesco Petrarca, *Secreto mío...*, cit., pp. 136-137.

el "testigo del dolor y grave pena" de Nemoroso, quien se atormenta por su muerte. Esta imagen nos evoca el dolor de Apolo, quien contempla llorando la transfiguración letal de Dafne, en virtud de su fama y castidad.

En el quinto, el responder "a boca llena" del río Tajo, que llevaría el nombre de la fallecida al "mar de Lusitania", es coherente con el besar "boca con boca" de la diosa Venus, que coge el último aliento de su amante Adonis, y lo elevaría al "alto cielo".

Todas las referencias entrelazadas conforman un sistema armónico de operación, como refleja el halo dantesco, con sus cercos girando alrededor de un punto luminoso: la muerte de la musa poética. En el presente caso de Garcilaso, la expiración de su Elisa, la ninfa. E igual expresión se halla en las mencionadas alegorías de la Rima CCCXXIII petrarquesca: las cinco primeras rodean la última de la fábula de Eurídice, y al mismo tiempo, el conjunto hace palpitar la muerte de Laura. Según explica el poeta florentino en su Cielo Cristalino:

> La donna mia, che mi vedea in cura
> forte sospeso, disse: «Da quel punto
> depende il cielo e tutta la natura.
>
> Mira quel cerchio che piú li è conguinto;
> e sappi che 'l suo muovere è sí tosto
> per l'affocato amore ond'elli è punto»[1].

> [Mi dama, cuando vio que tal figura / me suspendía, dijo: «De aquel punto / depende el cielo y toda la natura. / Mira el cerco que de él se halla más junto, / y sabe que el girar suyo es más presto / por el fogoso amor de que es trasunto».]

Dante debe este punto supremo e inmóvil al Señor, que como símbolo de la eternidad, impulsa incesantemente las fuerzas vitalistas de amor. Mientras tanto, bajo un reducto de velos artísticos y alegóricos, los amores de Petrarca y Garcilaso llegan a sintonizarse con la memoria colectiva, en coexistencia con la Naturaleza universal, definitivamente recobran la vida nueva. Como

---

[1] Dante Alighieri, *Comedia. Paraíso*, cit., canto XXVIII, vv. 40-45.

muestra Petrarca al final de sus *Triumphi*:

> A riva un fiume che nasce in Gebenna
> Amor mi die' per lei sì lunga guerra
> che la memoria anchora il cor accenna.
>
> Felice sasso che 'l bel viso serra!
> Che, poi che avrà ripreso il suo bel velo,
> se fu beato chi la vide in tera,
>
> or che fia dinque a rivederla in cielo?
>
> (TE, vv. 133-145)

[A la orilla de un río, en Monginevra, / Amor me dio por ella tan gran lucha, / que el corazón se acuerda todavía. / ¡Feliz la losa que su rostro cubre! / Que, después de volver a su belleza, / si fue dichoso quien la vio en la tierra, / ¿qué no ha de ser al verla allá en el cielo?]

Esto es, el renacimiento del Amor. Al sufrir una gradación de triunfos, el Amor es vencido por la Castidad; y luego ésta, por la Muerte, y sucesivamente por la Fama, por el Tiempo, hasta llegar al recinto estático de la Eternidad. De la última fuerza, nace de nuevo el Amor, "victorïoso e sommo duce" [jefe vicotorioso] (TC I, v. 13). Se forma así una circulación reivindicable. Por otra parte, Garcilaso insufla asimismo unas señales vitalistas a sus relatos mortuorios: "el ánima" de la fallecida Eurídice se despide de "la hermosa carne" (vid. Égloga III, vv. 135-136); la vida de Dafne se transforma en laurel, en vez de fallecer[1] (vid. Ibid., vv. 161-166); de Adonis, Venus le lleva "la postrera parte del aire" al otro mundo (vid. Ibid., vv. 189-192); y en el epitafio de Elisa, se deposita la esperanza de la pervivencia a través de la fama (vid. Ibid., vv. 245-248). Es más, una vez acabado el tejido, Garcilaso en nombre de Nise, exterioriza su deseo de que la creación sea divulgada de boca en boca, según la transmisión de la comunidad arcaica, no sólo en este mundo sino incluso en el más allá:

---

[1] En la mitología, las metamórfosis simbolizan una muerte de la vida antigua. Véase Elias L. Rivers, "La paradoja pastoril del arte natural", *La poesía de Garcilaso. Ensayos críticos*, ed. Elias L. Rivers, 1ª reimpresión, Barcelona, Ariel, 1981, p. 298.

> y porque aqueste lamentable cuento
> no sólo entre las selvas se contase,
> mas dentro de las ondas sentimiento,
> con la noticia desto, se mostrase,
> quiso que de su tela el argumento
> la bella ninfa muerta señalase,
> y ansí se publicase de uno en uno
> por el húmido reino de Neptuno.
>
> (Égloga III, vv. 257-264)

Al final, todas las ninfas tejedoras saltan a las aguas, jugando tan deleitosas como si se liberasen totalmente del luto de las muertes, y recuperasen las horas felices (vid. Ibid., vv. 273-280). Eso es, el renacimiento del alma expirada y el recobro del dinamismo, el amor. Así, se canta la ley de la Naturaleza en el desenlace de todo el *corpus*:

> Cual suele, acompañada de su bando,
> aparecer la dulce primavera,
> cuando Favonio y Céfiro, soplando,
> al campo tornan su beldad pirmera
> y van artificiosos esmaltando
> de rojo, azul y blanco la ribera;
> en tal manera, a mí Flérida mía
> viniendo, reverdece mi alegría.
>
> (Ibid., vv. 321-328)

CONCLUSIÓN

> *Y aun no se me figura que me toca*
> *aqueste oficio solamente en vida,*
> *mas con la lengua muerta y fria en la boca*
> *pienso mover la voz a ti debida.*
>
> (Égloga III, vv. 9-16)

Fig. 10. *Estatuas orantes de Garcilaso y su hijo en su sepulcro,*
Monasterio de San Pedro Mártir, Toledo[1].

---

[1]   Foto mía, sacada en la Facultad de Ciencias Jurídicas y Sociales de la Universidad de Castilla-La
Mancha, el día 29 de enero de 2020.

En la trayectoria triunfal de Petrarca, descubrimos que las fuerzas se clasifican en tres grupos. Cada uno está compuesto por dos fuerzas opuestas, pero complementarias la una con la otra: Amor con Castidad, Muerte con Fama, Tiempo con Eternidad. Para alcanzar el recinto sereno de la última fuerza trascendente, el poeta laureado se dedica con empeño a la elaboración y transformación de su poesía: la pasión amorosa se eleva al plano virtuoso de la castidad, de éste a la reflexión sobre la muerte, luego de ésta a la preocupación por la fama, e igualmente de ésta al compromiso del tiempo, así como del último al encuentro de lo eterno.

Tal evolución está en coherencia con la gama progresiva de la poesía garcilasiana. Siguiendo la misma vena, en su marco de la poesía cancioneril, Garcilaso ennoblece e idealiza el tema del amor, y luego a la manera erasmista, revela sus defectos congénitos. Después, en su marco elegíaco-horaciano, con pretexto de la muerte, intelectualiza el mismo tema, y con préstamo de la doctrina estoica y platónica, llega a espiritualizarlo. Más adelante, en su marco bucólico, al simbolizar los ríos, se desengaña del transcurso temporal; y al dibujar su tierra natal, encuentra su propio centro del Universo, donde mitifica su vivencia personal de amor, y alcanza la inmortalidad. Es decir, que el amor prudente se convierte en la muerte afamada, hasta en la leyenda perenne; igual que la secuencia triunfal de Petrarca: *amor < pudicitia < mors < fama < tempus < eternitas*[1]. Así, hemos de tener en cuenta la transfiguración del mismo poeta durante su proceso de elaboración. El amante cortesano en el primer entorno trovadoresco se convierte en el observador histórico en el segundo terreno meditativo-filosófico, hasta terminar en el creador mitológico en el último

---

[1] Un esquema tomado directamente de la introducción de Guido M. Cappelli, en *Triunfos*, cit., p. 23.

recinto eclógico. La interferencia de la subjetividad se reduce al mínimo, dejando expresarse y emocionar al lector un verso, una imagen y una leyenda suya, en lugar del mismo poeta.

Así, Garcilaso universaliza su experiencia privada. Por múltiples velos artísticos, equipara lo individual y lo particular con lo colectivo, proyectándolo en la mitología clásica. Su motivo del amor se sublima en un recuerdo de toda la comunidad española, y se arraiga tan profundamente en su alma, que él mismo ya no habla, ni entona, ni se lamenta, sino que evoca y resuena dondequiera que pase su verso. Garcilaso supera el vínculo de la creación poética consigo, y se entrega a lo incesante y lo interminable. O en términos de López Castro, "El escritor llamado clásico sacrifica la palabra que le es propia para dar voz a lo universal. Lo que habla [...] no es él mismo, sino la memoria del amor vivido"[1].

Por consiguiente, se convierte en el "Príncipe de los poetas castellanos", e ilutra la vida literaria, tanto entre sus coetáneos como entre sus adeptos posteriores, tanto en el Parnaso local como en el extranjero, y tanto en las letras profanas como en las divinas[2]. Las resonancias más inmediatas se encuentran en Francisco Sâ de Miranda, Cristóbal de Castillejo, Hernando de Acuña, Gutierre de Cetina, Gregorio Silvestre, Fernando de Herrera, Diego Hurtado de Mendoza, Cristóbal Mosquera de Figueroa, Lope de Vega, Sebastián de Córdoba, Francisco de Medina, Fray Luis de León y Miguel de Cervantes. Entre ellos, Lope de Vega recuerda el dulce lamentar del pastor Salicio de Garcilaso:

> A las ardientes puertas de diamante
> coronado del árbol de Peneo
> mostraba en dulce voz, llorando, Orfeo,

---

[1] Armando López Castro, "Modernidad de Garcilaso", en *Spanish Literature: From Origins to 1700. A Collection of Essays*, vol. II, ed. David William Foster, Daniel Altamiranda y Carmen de Urioste, Gran Bretaña, Garland, 2001, p. 209.

[2] Con respecto a su celebridad en España y en el ultramar (Francia, Italia, Inglaterra y Potrugal), véase la colección bibliográfica de Antonio Gallego Morell, en *Fama póstuma de Garcilaso de la Vega. Antología poética en su honor / el poeta en el teatro / bibiografía garcilasiana*, Granada, Universidad de Granada, 1978, pp. 687-750.

que allí puede llorar un tierno amante.

Suspendidas las furias de Atamante,
y parado a sus lágrimas Leteo,
en carne, que no en sombra, su deseo
vió su querida Eurídice delante.

¡Oh, dulces prendas de perder tan caras!
Tú, Salicio, ¿qué dices? ¿Amas tanto
que por la tuya a suspender barajas

los tormentos del reino del espanto?
Paréceme que dices que cantaras
que le doblaran la prisión y el llanto[1].

El prestigioso poeta-comentador, Herrera, compone un soneto dedicado al "Príncipe" en homenaje y en conmemoración a su arte:

Musa, esparce purpúreas, frescas flores
al túmulo del sacro Lasso muerto;
los lazos de oro suelte sin concierto
Venus; lloren su muerte los amores.

Arde la rota aljaba y pasadores
la mirra y casia; y cuanto el encubierto
Fenix quema, y con verso grave y cierto
cante su gloria Febo y tus dolores.

Lasso, por quien el Tajo al rico Tebro
y excede al Arno puro, sepultado
yace entre verdes hojas de amaranto.

Incline al nombre claro que celebro
sus coronas Parnaso, y admirado
venere el alto y noble y tierno canto[2].

Tres centurias después de su muerte, el representativo autor del

---

[1]   Una pieza tomada directamente de Antonio Gallego Morell, en su *Fama póstuma...*, cit., p. 111. (Fuente original: *Rimas de Lope de Vega Carpio aora de nuevo añadidas con el Nuevo Arte de hacer Comedias deste tiempo*, Madrid, 1609, fol. 65v.).

[2]   Ibid., p. 66. (Fuente original: *Obras de Garcilaso de la Vega con anotaciones de Fernando de Herrera*, Sevilla, 1580, p. 52.)

Romanticismo español, Gustavo Adolfo Bécquer, reproduce la fisonomía garcilasiana en sus creaciones líricas: la profunda emoción, la aguda sensibilidad, las tibias lamentaciones y el tema de amor no correspondido. Cuando visita su sepulcro en el Monasterio de San Pedro Mártir de Toledo, le elogia como un santo:

> La luz que penetra por la cúpula del templo y se derrama, suave y templada, por su espacioso ámbito, llega allí cansada y confusa, y sus reflejos azules se mezclan con la claridad rosada de un transparente de color que ocupa el fondo del camarín de la Virgen, sobre el cual destaca por oscuro el contorno de la santa imagen [...].
>
> ¡La luz de la lámpara que alumbra la santa imagen tiembla hace siglos sobre tu noble frente de mármol, y entre la sombra parece que aún chispea tu blanca y fantástica armadura! ¡Ni una letra, ni un signo que recuerde tu nombre! ¿Qué importa? ¡El curioso vulgar pasará indiferente junto a la tumba en que reposas; pero nunca faltará quien te adivine [...][1]!

Además, con base en un punto de vista del siglo XX, Luis Cernuda confirma la vigencia inmortal de su poesía:

> Cambian las modas literarias, pero la poesía de Garcilaso, como la de Teócito, la de Virgilio, aparece hoy tan fresca y tan bella como ayer, como acaso de parecer siempre. En un sentido profano pudiera decirse que las puertas del infierno no han de prevalecer nunca contra ella[2].

Aún, Rafael Alberti le considera, junto con su arte expresivo del "dolorido sentir", como un legado imprescindible de toda la comunidad española:

> Nadie podrá quitarnos
> a la gente de España,

---

[1]   Gustavo Adolfo Bécquer, "Enterramientos de Garcilaso de la Vega y su padre", en *Obras completas*, 10ª ed., prólogo de Joaquín y Serafín Alvarez Quintero, Madrid, Aquilar, 1961, pp. 1083 y 1087.

[2]   Luis Cernuda, "Tres poetas clásicos. Garcilaso de la Vega, Fray Luis de León, San Juan de la Cruz", en *Poesía y literatura I y II*, 1ª reimpresión, Barcelona, Seix Barral, 1975, p. 35.

Garcilaso, aquel tuyo
"dolorido sentir"[1].

En suma, el arte y el espíritu, la fama y la gloria, lo intelectual y lo sentimental, todo lo de Garcilaso se instala permanentemente en el recuerdo de la humanidad. Siendo un ser renacentista complejo, el poeta goza de una fuerte autoconciencia, y se interesa por la autopresentación, o sea, la producción de un estilo personal. Con el paso de su vida, deambula entre Este (Italia, el arte técnico) y Oeste (Portugal, la emoción y las musas). A través de una trayectoria paralela a los *Triumphi* de Petrarca, encuentra el punto de equilibrio entre el cultivo del desahogo sentimental y el virtuosismo artístico, y accede indudablemente al Panteón de los escritores clásicos modernos, recibiendo valoración y elogios de los descendientes como una existencia de honor imperecedero.

Para terminar, si Garcilaso es adorado como el "Príncipe de los poeta castellano", ¿su manera de moldear su propia imagen y su trayectoria de purificar su arte servirán como paradigma del Siglo de Oro para sus seguidores? Esa es una buena cuestión que merece la pena indagarse, y también me inspira la idea de elaborar la tesis doctoral en el porvenir inmediato. Creo que, por medio del caso garcilasiano, encontraríamos más ejemplos en la vida de otros creadores coetáneos, quienes aspiraban por lo eterno con su tema de amor. Es más, en la observación de su homogeneidad de cultivo, podríamos averiguar el espíritu humanístico del Renacimiento: la configuración y representación de la identidad propia. Esto es, una conciencia personal de los autores modernos.

---

[1] Versos tomados directamente de Antonio Gallego Morell, en su *Fama póstuma...*, cit., p. 204. (Fuente original: Rafael Alberti, *Cármenes*, en *Pleamar*, Buenos Aires, 1944, p. 92).

BIBLIOGRAFÍA

A. ESTUDIOS Y OBRAS

Abellán, José Luis. *El erasmismo español*. Introducción de José Luis Gómez-Martínez. Madrid: Espasa-Calpe, 1982.

Alighieri, Dante. *Comedia. Infierno*. Edición bilingüe. Traducción, prólogo y notas de Angel Crespo. 1ª ed. en Biblioteca Formentor. Barcelona: Seix Barral, 2004.

—. *Comedia. Purgatorio*. Edición bilingüe. Traducción, prólogo y notas de Angel Crespo. 1ª ed. en Biblioteca Formentor. Barcelona: Seix Barral, 2004.

—. *Comedia. Paraíso*. Edición bilingüe. Traducción, prólogo y notas de Angel Crespo. 1ª ed. en Biblioteca Formentor. Barcelona: Seix Barral, 2004.

Alonso, Dámso. "Forma exterior y forma interior en Fray Luis" y Apéndice IV "Sobre el orígen de la lira". *Obras completas IX. «Poesía española» y otros estudios*. Madrid: Gredos, 1989. pp. 508-513 y 105-106.

—. "Garcilaso y los límites de la estilística". *Obras completas IX. «Poesía española» y otros estudios*. Madrid: Gredos, 1989. pp. 72-83.

Anónimo. *Pánfilo o el arte de amar*. Texto bilingüe, introducción, traducción, aparato crítico y notas de L. Rubio y T. González Rolán. Barcelona: Bosch, 1977.

Arce de Vázquez, Margot. *Garcilaso de la Vega: Contribución al estudio de la lírica española del siglo XVI*. 4ª ed. Barcelona: UPREX, 1975.

Aristóteles. *Περὶ ποιητικῆς, Ars poetica, Poética*. Edición trilingüe por Valentín

García Yebra. Texto latino interpretado por Antonio Riccobono. Madrid: Gredos, 1974.

Balbín Núñez de Prado, Rafael. *La renovación poética del Renacimiento*. Madrid: Anaya, 1990.

Bécquer, Gustavo Adolfo. "Enterramientos de Garcilaso de la Vega y su padre". *Obras completas*. Prólogo de Joaquín y Serafín Alvarez Quintero. 10ª ed. Madrid: Aguilar, 1961. pp. 1083-1088.

Beysterveldt, Antony van. "La razón sojuzgada por amor". *La poesía amatoria del siglo XV y el teatro de Juan del Encina*. Madrid: Ínsula, 1972. pp. 161-175.

Blüher, Karl Alfred. *Séneca en España. Investigaciones sobre la recepción de Séneca en España desde el siglo XIII hasta el siglo XVII*. Versión española de Juan Conde. Edición corregida y aumentada. Madrid: Gredos, 1983.

Boccaccio, Giovanni. *El Decamerón*. I. Prólogo, traducción y notas de Esther Benítez. Primera edición en «Área de conocimiento: Literatura». Madrid: Alianza, 2007.

Boscán, Juan. *Las obras de Juan Boscán de nuevo puestas al día y repartidas en tres libros*. Edición, estudio y notas de Carlos Clavería. Barcelona: PPU, 1991.

Burckhardt, Jacob. *La cultura del Renacimiento en Italia*. Trad. Ramón de la Serna y Espina. Madrid: Edaf, 1982.

Burke, Peter. *Los avatares de «El cortesano». Lecturas y lectores de un texto clave del espíritu renacentista*. Trad. Gabriela Ventureira. Barcelona: Gedisa, 1998.

Bustos, Eugenio de. "Cultismos en el léxico de Garcilaso de la Vega". *Garcilaso. Actas de la IV Academia Literaria Renacentista (Salamanca, 2-4 de marzo de 1983)*. Ed. Víctor García de la Concha. 1ª reimpresión. Salamanca: Universidad de Salamanca, 1993. pp. 127-163.

Calderón de la Barca, Pedro. *La vida es sueño*. Edición, introducción y notas de Ciriaco Morón Arroyo. 30ª ed. Madrid: Cátedra, 2006.

Camacho Guizado, Eduardo. "Caracteríasticas de la elegía funeral renacentista". *La elegía funeral en la poesía española*. Madrid: Gredos, 1969, pp. 124-154.

Campbell, Joseph. *El héroe de las mil caras. Pscoanálisis del mito*. Trad. Luisa Josefina Hernández. 11ª reimpresión. México D.F.: Fondo de Cultura Económica, 2009.

Castiglione, Baltasar de. *El cortesano*. Trad. Juan Boscán. Introducción y notas de Rogelio Reyes Cano. 5ª ed. Madrid: Espasa-Calpe, 2009.

Castillejo, Cristóbal de. *Obra completa*. Edición e introducción de Rogelio Reyes Cano. Madrid: Fundación José Antonio de Castro, 1998.

Capellán, Andrés el. *De amore (Tratado sobre el amor)*. Texto original, traducción, prólogo y notas por Inés Creixell Vidal-Quadras. Barcelona: Sirmio, 1990.

Cernuda, Luis. "Tres poetas clásicos. Garcilaso de la Vega, Fray Luis de León, San Juan de la Cruz". *Poesía y literatura I y II*. 1ª reimpresión. Barcelona: Seix Barral, 1975. pp. 31-45.

Céspedes, Baltasar de. *Discurso de las letras humanas, llamado El humanista*. Ed. Gregorio de Andrés. El Escorial: La Ciudad de Dios, 1965.

Cruz, Anne J. "Self-Fashioning in Spain: Garcilaso de la Vega". *Romanic Review*. Nº 83: 4 (1992: Nov.). pp. 517-538.

Darst, David H. "Garcilaso's Love for Isabel Freire: The Creation of a Myth". *Journal of Hispanic Philology*. Nº 3 (1979). pp. 261-268.

Deleito y Piñuela, José. *El rey se divierte*. Madrid: Alianza, 2006.

Duby, Georges. "El modelo cortesano". *Historia de las mujeres en Occidente*. Tomo II. Bajo la dirección de Christiane Klapisch-Zuber. Trad. Marco Aurelio Galmarini y Cristina García. Madrid: Taurus, 1992. pp. 301-319.

—. "A propósito del llamado amor cortés". *El amor en la Edad Media y otros ensayos*. Trad. Ricardo Artola. 1 ª reimpresión. Madrid: Alianza, 1992. pp. 66-73.

Echauri, Eustaquio. *Diccionario esencial Vox latino. Latino-Español. Español-*

Latino. 2ª reimpresión. Barcelona: Spes, 2001.

Eliade, Mircea. *Mito y realidad* [Título original: *Aspects du mythe*]. Trad. Luis Gil. 4ª ed. Barcelona: Kairós, 2009.

—. *Lo sagrado y lo profano*. Trad. Luis Gil Fernández [prólogo, introducción y caps. 1-4] y Ramón Alfonso Díez Aragón [apéndice y glosario]. 2ª ed. Barcelona: Paidós Ibérica, 2009.

—. *El mito del eterno retorno. Arquetipos y repetición*. Trad. Ricardo Anaya. 6ª reimpresión. Madrid: Alianza, 2009.

Elvira Barba, Miguel Ángel. *Arte y mito. Manual de iconografía clásica*. Madrid: Sílex, 2008.

Eurípides. *Las bacantes* e *Ifigenia en Áulide*. En *Tragedias III*. Edición y traducción de Juan Miguel Labiano. 3ª ed. Madrid: Cátedra, 2007. pp. 251-317 y 319-390.

Foster, Kenelm. *Petrarca. Poeta y humanista*. Traducción castellana de Helena Valentí. Barcelona: Crítica, 1989.

Frenk, Margit. "Símbolos naturales en las viejas canciones populares hispánicas". *Lírica popular / lírica tradicional. Lecciones en homenaje a Don Emilio García Gómez*. Ed. Pedro M. Piñero Ramírez. Sevilla: Universidad de Sevilla / Fundación Machado, 1998. pp. 159-182.

Fuchs, Eduard. *Historia ilustrada de la moral sexual. I. Renacimiento*. Ed. Tomas Huonker. Versión española de Juan Guillermo Gómez. Madrid: Alianza, 1996.

Gallego Morell, Antonio. *Fama póstuma de Garcilaso de la Vega. Antología poética en su honor / el poeta en el teatro / bibiografía garcilasiana*, Granada, Universidad de Granada, 1978.

—. *Garcilaso: documentos completos*. Barcelona: Planeta, 1976.

—. Estudio crítico. *Églogas*, de Garcilaso. Madrid: Narcea, 1972.

—. Introducción. *Garcilaso de la Vega y sus comentaristas. Obras completas del poeta. Acompañadas de los textos íntegros de los comentarios de El*

Brocense, Fernando de Herrera, Tamayo de Vargas y Azara. Edición, introducción, notas, cronología, biografía e índeces de autores citados por Antonio Gallego Morell. 2ª ed. revisada y adicionada. Madrid: Gredos, 1972. pp. 9-102.

García Gual, Carlos. *Introducción a la mitología clásica*. 4ª reimpresión. 1ª edición en «Área de conocimiento: Humanidades». Madrid: Alianza, 1999.

Garcilaso de la Vega. *Obra poética y textos en prosa*. Edición de Bienvenido Morros. Barcelona: Crítica, 2001.

Garcilaso Inca de la Vega. *Traducción de los «Diálogos de Amor» de León Hebreo*. Edición y prólogo de Andrés Soria Olmedo. Madrid: Biblioteca Castro, 1996.

Garrote Pérez, Francisco. *Naturaleza y pensamiento en España en los siglos XVI y XVII*. Salamanca: Universidad de Salamanca, 1981.

Glaser, Edward. "*Cuando me paro a contemplar mi estado*: trayectoria de un *Rechenschaftssonett*". *Estudios hispano-portugueses: relaciones literarias del Siglo de Oro*. Valencia: Castalia, 1957. pp. 59-95.

Góngora y Argote, Luis de. *Sonetos completos*. Edición, introducción y notas de Biruté Ciplijauskaité. 6ª ed. Madrid: Castalia, 1987.

Goodwyn, Frank. "New Light on the Historical Seeting of Garcilaso's Poetry". *Hispanic Review*. Nº 46 (1978). pp. 1-22.

Granja, Agustín de la. "Garcilaso y la ninfa «degollada»". *Criticón*. Nº 69 (1997). pp. 57-65.

Green, Otis H. *España y la tradicción occidental. El espíritu castellano en la literatura desde "El Cid" hasta Calderón*. Trad. Cecilio Sánchez Gel. Volumen I. Madrid: Gredos, 1969.

Greenblatt, Stephen. "La circulación de la energía social" y "Balas invisibles". *Nuevo Historicismo*. Traducción, compilación de textos y bibliografía de Antonio Penedo y Gonzalo Pontón. Madrid, Arco/Libros, 1998. pp. 33-58 y 59-128.

—. "Towards a Poetics of Culture". *The New Historicism*. Editor Harold Veeser.

Nueva York y Londres: Routledge, 1989. pp. 1-14.

—. *The Forms of Power and the Power of Forms in the Renaissance*. Norman: University of Oklahoma, 1982.

—. *Renaissance Self-Fashioning. From More to Shakespeare*. Chicago y Londres: University of Chicago, 1980.

Hall, James. *Diccionario de temas y símbolos artísticos*. Introducción de Kenneth Clark. Versión española de Jesús Fernández Zulaica. Madrid: Alianza, 1987.

Hamilton, Edith. *Mitología. Todos los relatos griegos, latinos y nórdicos*. Traducción de Carmen Aranda. Ilustraciones de Abraham Lacalle. Madrid: Turner, 2008.

Herrera, Fernando de. *Comentarios de Fernando de Herrera (1580)*. En *Garcilaso de la Vega y sus comentaristas. Obras completas del poeta. Acompañadas de los textos íntegros de los comentarios de El Brocense, Fernando de Herrera, Tamayo de Vargas y Azara*. Edición, introducción, notas, cronología, biografía e índeces de autores citados por Antonio Gallego Morell. 2ª ed. revisada y adicionada. Madrid: Gredos, 1972. pp. 305-594.

Horacio. *Odas y Epodos*. Edición bilingüe de Manuel Fernández-Galiano y Vicente Cristóbal. Trad. Manuel Fernández-Galiano. Introducción general, introducciones parciales e índice de Vicente Cristóbal. Madrid: Cátedra, 1990.

Huizinga, Johan. *El otoño de la Edad Media. Esutdios sobre la forma de la vida y del espíritu durante los siglos XIV y XV en Francia y en los Países Bajos*. Versión de José Gaos. Traducción del francés medieval de Alejandro Rodríguez de la Peña. 4ª reimpresión. Madrid: Alianza, 2005.

Johnson, Paul. *El Renacimiento*. Trad. Teófilo de Lozoya. Barcelona: Mondadori, 2001.

Lapesa, Rafael. Apéndice III "Poesía y realida. Destinatarias y personajes de los poemas garcilasianos de amor. Isabel Freyre, la ninfa «degollada»". En *Garcilaso: estudios completos*. Madrid: Istmo, 1985. pp. 199-210.

—. *La trayectoria poética de Garcilaso.* 2ª ed. Madrid: Alianza, 1985.

—. "El cultismo semántico en la poesía de Garcilaso". *Poetas y prosistas de ayer y de hoy. Veinte estudios de historia y crítica literarias.* Madrid: Gredos, 1977. pp. 92-109.

—. *La obra literaria del marqués de Santillana.* Madrid: Ínsula, 1957.

Leah Otis-Cour, Leah. *Historia de la pareja en la Edad Media. Placer y amor.* Trad. Anton Dieterich Arenas. Prólogo de Juan Pablo Fusi. Madrid: Siglo XXI de España Editores, 2000.

López Castro, Armando. "Modernidad de Garcilaso". *Spanish Literature: From Origins to 1700. A Collection of Essays.* Volumen II. Ed. David William Foster, Daniel Altamiranda y Carmen de Urioste. Gran Bretaña: Garland, 2001. pp. 205-213.

Maravall, José Antonio. *Antiguos y modernos.* Madrid: Sociedad de Estudios y Publicaciones, 1966.

Marchese, Angelo; Forradellas, Joaquín. *Diccionario de retórica, crítica y terminología literaria.* Edición española de Joaquín Forradellas. 6ª ed. Barcelona: Ariel, 1998.

Markale, Jean. *El amor cortés o la pareja infernal.* Trad. Manuel Serrat Crespo. 3ª ed. Palma de Mallorca: El Barquero, 2006.

Martínez de Toledo, Alfonso. *Arcipreste de Talavera o Corbacho.* Edición, introducción y notas J. de González Muela. Madrid: Castalia, 1970.

Mena, Juan de. *Laberinto de Fortuna.* Ed. Maxim. P. A. M. Kerkhof. 2ª ed. corregida. Madrid: Castalia, 1997.

Morales Blouin, Egla. *El ciervo y la fuente. Mito y folklore del agua en la lírica tradicional.* Madrid: José Porrúa Turanzas, 1981.

Morales y Marín, José Luis. *Diccionario de iconología y simbología.* Madrid: Taurus, 1984.

Moro, Tomás. *Utopía.* Introducción, traducción y notas de Pedro Rodríguez Sandrián. 7ª reimpresión. Madrid: Alianza, 2008.

Morrás, María. Presentación. *Manifiestos del humanismo*, de Petrarca, Bruni, Valla, Pico della Mirandola, Alberti. Selección, traducción, presentación y epílogo de María Morrás. Barcelona: Península. pp. 9-21.

Morros, Bienvenido. Notas textuales. *Celestina*, de Fernando de Rojas. Edición y estudio de Bienvenido Morros. 1ª reimpresión. Barcelona: Vicens Vives, 1998.

Navarrete, Ignacio. *Los huérfanos de Petrarca. Poesía y teoría en la España renacentista*. Versión española de Antonio Cortijo Ocaña. Madrid: Gredos, 1997.

Ovidio. *Arte de amar. Remedios de amor*. Introducción, traducción y notas textuales de Juan Luis Arcaz Pozo. 3ª reimpresión. Madrid: Alianza, 2006.

—. *Metamórfosis*. Edición y traducción de Consuelo Alvarez y Rosa María Iglesias. 4ª ed. Madrid: Cátedra, 2001.

Pabón de Urbino, José M. *Diccionario manual Vox griego. Griego clásico-Español*. 18ª reimpresión. Barcelona: Spes, 2000.

Parker, Alexander A. *La filosofía del amor en la literatura española 1480-1680*. Trad. Javier Franco. Madrid: Cátedra, 1986.

Pascual, Pedro. "La primera edición de «La Celestina»". *Historia 16*. Nº 284 (1999). pp. 108-117.

Pérez de Oliva, Fernán. *Diálogo de la dignidad del hombre*. 2ª ed. Madrid: Compañía Ibero-Americana de Publicaciones, s/a.

Pérez-Rioja, José Antonio. *El amor en la literatura*. Madrid: Tecnos, 1983.

Petrarca, Francesco. *Triunfos*. Edición bilingüe, introducción y notas textuales de Guido M. Cappelli. Trad. Jacobo Cortines y Manuel Carrera Díaz. Madrid: Cátedra, 2003.

—. *Cancionero I y II*. Preliminares, traducción y notas de Jacobo Cortines. Texto italiano establecido por Gianfranco Contini. Estudio introductorio de Nicholas Man. 2ª ed. Madrid: Cátedra, 1997 y 1999.

—. *Obras I prosa*. Al cuidado de Francisco Rico. Textos, prólogos y notas de

Pedro M. Cátedra, José M. Tatjer y Carlos Yarza. Madrid: Alfaguara, 1978.

Pinto, Mario di. "Non sgozzate la ninfa Elisa". *Collanda di Testi e Studi Ispanici*. Pisa: Giardini Editori e Stampatori, 1986. pp. 123-143.

Piñero, Pedro M. Introducción. *Celestina*, de Fernando de Rojas. Edición de Pedro M. Piñero. Guía de lectura de Fernando Rayo y Gala Blasco. 46ª ed. Madrid: Espasa-Calpe, 2008. pp. 9-56.

Platón. *Fedón*. En *Diálogos*. Volumen III. *Fedón, Banquete, Fedro*. Traducciones, introducciones y notas respectivamente por C. García Gual, M. Martínes Hernández y E. Lledó Íñigo. Madrid: Gredos, 1986. pp. 7-142.

—. *Banquete*. En *Ibid*. pp. 143-287.

—. *Crátilo*. En *Diálogos*. Volumen II. *Gorgias, Menéxeno, Eutidemo, Menón, Crátilo*. Traducciones, introducciones y notas respectivamente por J. Calonge Ruiz, E. Acosta Méndez, F. J. Olivieri, J. L. Calvo. Madrid: Gredos, 1983. pp. 341-461.

Porqueras Mayo, Alberto. "La ninfa degollada de Garcilaso (Égloga III, vv. 225-232)." *Temas y formas de la literatura española*. Madrid: Gredos, 1972. pp. 128-140.

Prieto, Antonio. *La poesía española del siglo XVI. I. Andáis tras mis escritos*. 2ª ed. Madrid: Cátedra, 1991.

—. *Garcilaso de la Vega*. Madrid: Sociedad General Española de Librería, 1975.

Renaudet, Augustin. *Études érasmiennes (1521-1527)*. París: Librairie E. Droz, 1939.

Revilla, Federico. *Diccionario de iconografía y simbología*. 3ª ed. ampliada. Madrid: Cátedra, 1999.

Reyes Cano, Rogelio. "«Predicadores locos», «locos predicadores» y «locos agudos» en la literatura española del Siglo de Oro: los cuentecillos de Juan García". *Philologica*. Cáceres: Universidad de Extremadura, 1996. pp. 461-480.

—. *Demencia y literatura en la Sevilla del siglo XVII: los «Sermones» del loco*

Amaro. Discurso leído ante la Real Academia Sevillana de Buenas Letras. Sevilla: Real Academia Sevillan de Buenas Letras, 1992.

—. Introducción y notas. *Diálogo de mujeres*. Edición, introducción y notas de Regelio Reyes Cano. Madrid: Castalia, 1986.

—. *Medievalismo y renacentismo en la obra poética de Cristóbal de Castillejo*. Madrid: Fundación Juan March, 1980.

Riquer, Martín de. "Fernando de Rojas y el primer acto de «La Celestina»". *Revista de Filología Española*. Tomo XLI (1957). pp. 374-395.

Rivers, Elias L. Introducción, estudios preliminares y notas textuales. *Obras completas con comentario*, de Garcilaso. Edición crítica de Elias L. Rivers. Madrid: Castalia, 2001.

—. "La paradoja pastoril del arte natural". *La poesía de Garcilaso. Ensayos críticos*. Ed. Elias L. Rivers. 1ª reimpresión. Barcelona: Ariel, 1981. pp. 285-308.

Rojas, Fernando de. *Celestina*. Edición e introducción de Pedro M. Piñero. Guía de lectura de Fernando Rayo y Gala Blasco. 46ª ed. Madrid: Espasa-Calpe, 2008.

Ruiz, Juan (Arcipreste de Hita). *Libro de buen amor*. Edición e introducción de Alberto Blecua. 8ª ed. Madrid: Cátedra, 2008.

Sánchez de las Brozas, Francisco (El Brocense). *Comentarios de Francisco Sánchez de las Brozas (1574)*. En *Garcilaso de la Vega y sus comentaristas. Obras completas del poeta. Acompañadas de los textos íntegros de los comentarios de El Brocense, Fernando de Herrera, Tamayo de Vargas y Azara*. Edición, introducción, notas, cronología, biografía e índeces de autores citados por Antonio Gallego Morell. 2ª ed. revisada y adicionada. Madrid: Gredos, 1972. pp. 263-303.

Santagata, Marco. Estudios textuales. *Canzoniere*, de Petrarca. Edizione commentata a cura di Marco Santagata. 5ª ed. Milano: Arnoldo Mondadori, 2001.

—. Introducción. *Trionfi, Rime estravaganti, Codice degli abbozzi*, de Petrarca.

A cura di Vinicio Pacca e Laura Paolino. Milano: Arnaldo Mondadori, 1996. pp. XIII-CVIII.

Santillana, Marqués de. *Comedieta de Ponza, sonetos, serranillas y otras obras.* Edición, prólogo y notas de Regula Rohland de Langbehn, con un estudio preliminar de Vicente Beltrán. Barcelona: Crítica, 1997.

Sebold, Russell P. "Las dulces prendas de Garcilaso: Guiomar, Elena y Beatriz (Aunque una de ellas acaso no lo fuera demasiado)". *Salina.* Nº 22 (2008). pp. 55-64.

Séneca, Lucio Anneo. *Sobre la firmeza del sabio. Sobre el ocio. Sobre la tranquilidad. Sobre la brevedad de la vida.* Introducción, traducción y notas de Fernando Navarro Antolín. Madird: Alianza, 2010.

—. *Sobre la felicidad.* Versión, traducción y comentarios de Julián Marías. 1ª reimpresión revisada. Madrid: Alianza, 2001.

—. *Cartas morales a Lucilio.* Traducción directa del latín y unas notas prologales por Jaime Bofill y Ferro. Tomo II. Nueva edición. Barcelona: Iberia, 1986.

Serrano Poncela, Segundo. "Garcilaso el inseguro". *Formas de vida hispánica (Garcilaso, Quevedo, Godoy y los ilustrados).* Madrid: Gredos, 1963. pp. 7-63.

Showerman, Grant. *Horace and His Influence.* Nueva York: Cooper Square, 1963.

Stanton, Edward F. "«En tanto que de rosa y azucena...»". *Historia y crítica de la literatura española II. Siglos de Oro: Renacimiento.* Editor Francisco López Estrada. Barcelona: Crítica, 1980. pp. 132-137.

Tamayo de Vargas, Tomás. *Comentarios de Tomás Tamayo de Vargas (1622). En Garcilaso de la Vega y sus comentaristas. Obras completas del poeta. Acompañadas de los textos íntegros de los comentarios de El Brocense, Fernando de Herrera, Tamayo de Vargas y Azara.* Edición, introducción, notas, cronología, biografía e índeces de autores citados por Antonio Gallego Morell. 2ª ed. revisada y adicionada. Madrid: Gredos, 1972. pp. 595-664.

Valdés, Juan de. *Diálogo de la lengua.* Edición, introducción y notas de Juan M.

Lope Blanch. 3ª ed. Madird: Castalia, 1985.

Vaquero Serrano, María del Carmen. "Dos sonetos para dos Sás: Garcilaso y Góngora". *LEMIR: Revista de Literatura Española Medieval y del Renacimiento.* Nº 11 (2007). pp. 37-44. [Recurso electrónico: http://parnaseo.us.es/Lemir/Revista/Revista11].

—. "Doña Beatriz de Sá, la Elisa posible de Garcilaso. Su geneología". *Ibid.* Nº 7 (2003). s/p. [Recurso electrónico: http://parnaseo.us.es/Lemir/Revista/Revista7].

—. *Garcilaso: poeta del amor, caballero de la guerra.* Madrid: Espasa-Calpe, 2002.

—. "Doña Guiomar Carrillo: La desconocida amante de Garcilaso". *LEMIR.* Nº 4 (2000). s/p. [Recurso electrónico: http://parnaseo.uv.es/Lemir/Revista/Revista4].

Verdon, Jean. *El amor en la Edad Media. La carne, el sexo y el sentimiento.* Trad. Marta Pino Moreno. Barcelona: Paidós, 2008.

Veyne, Paul. *Séneca y el estoicismo.* Trad. Mónica Utrilla. México D.F.: Fondo de Cultura Económica, 1995.

Villalón, Cristóbal de. *El Crotalón de Cristóforo Gnofoso.* Ed. Asunción Rallo. Madrid: Cátedra, 1990.

Waley, Palema. "Garcilaso, Isabel and Elena: The Growth of a Legend". *Bulletin of Hispanic Studies.* Nº 56 (1979). pp. 11-15.

Whinnom, Keith. "Constricción técnica y eufemismo en el *Cancionero general*". *Historia y crítica de la Literatura española I: Edad Media.* Ed. Alan Deyermond. Barcelona: Cátedra, 1980. pp. 346-349.

Zahareas, Anthony N.; Óscar Pereira Zazo. Estudio preliminar. *Libro del Arcipreste (o Libro de buen amor)*, de Juan Ruiz, arcipreste de Hita. Edición crítica de Anthony N. Zahareas y Oscar Pereira Zazo. Madrid: Akal, 2009. pp. 13-132.

B. Fuentes de láminas

Petrarca, Francesco. *Triunfos*. Edición preparada por Jacobo Cortines y Manuel Carrera. Madrid: Editora Nacional, 1983.

http://archive.org/details/ARes11511/page/n27/mode/2up (Internet Archive) [Fecha de consulta: 05/02/ 2021].

http://ibiblio.org/wm/paint/auth/greco/ (WebMuseum, París: El Greco) [Fecha de consulta: 14/11/2020].

http://www.lib-art.com/artgallery/11777-view-and-plan-of-toledo-el-greco.html (Lib-Art) [Fecha de consulta: 14/11/2020].